KB216884

해금의 말들

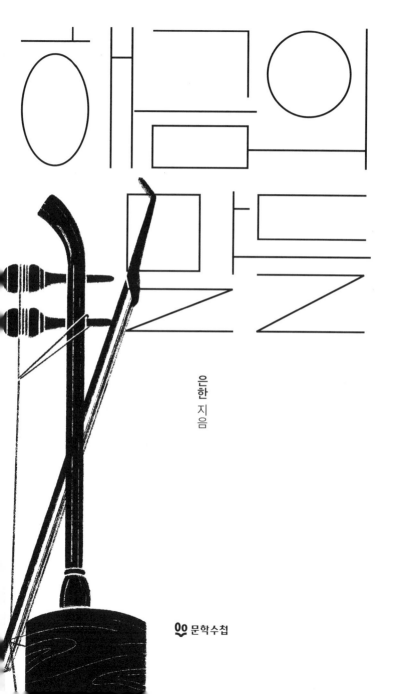

해금의 맛

은한 지음

문학수첩

'은한(銀漢)'은 '은하수를 강에 비유하여 이르는 말'이라는 뜻이다. 고려 말 문신 이조년의 시조 〈다정가〉*에도 등장한다. 밤하늘 멀리 반짝이지만 우리 민족이 오래도록 가까이 사랑한 별들의 다른 이름이다.

나는 은한이다. 국문학과 심리학을 전공하고 국어교사를 꿈꿨지만 지금은 전업 해금 연주자다. 주로 거리에서 공연한다. 정식 공연장이 아닌, 일상의 공간 안에서. 돈과 시간을 내어 보는 사람들이 아닌, 거리를 다니는 사람들의 순간을 붙든다. 모든 직업이 그렇듯 거리 공연자도 직업이 될 수 있고, 다들 나름의 삶을 살아간다. 나를 가엾게 여기거나 오해하거나 싫어하거나 동경하거나 좋아하거나 혹은 아무 관심이 없을 수 있지만, 나는 오늘도 거리에 나와 연주한다.

---

* 이화(梨花)에 월백(月白)ᄒ고 은한(銀漢)이 삼경(三更)인 제
  일지춘심(一枝春心)을 자규(子規)야 아라마는
  다정(多情)도 병(病)인 양ᄒ여 좀 못드러 ᄒ노라

1 ■ 임용고시생에서 거리 연주자로

중등교사와 거리 공연자는 어찌 보면 양극단에 있는 직업이다. 전자는 일등 신붓감이고 안정적이다. 자신이 무슨 일을 하는지 설명할 필요가 없다. 하지만 후자는 이것도 직업이라는 구구절절한 설명이 필요하다. 나는 교사를 꿈꾸다 거리 공연자가 되었다.

고등학교 때부터 국어 교사가 되고 싶었다. 국어국문학과에 입학했고, 학생들을 상담할 때 도움이 될 것 같아 심리학도 복수 전공했다. 학부 때부터 대치동, 목동 등에서 국어 과외를 여러 개 했다. 나름 이쪽에서는 유명 강사였다. 교생실습도 했다. 학생들은 어서 교사가 되셔서 우리 학교에 꼭 다시 오시라고 했다. 이해가 잘 되게 설명하신다는 말도 자주 들었다. 가르칠 때 행복했다. 나는 여러모로 교사가 천직이었다. 그러나 공립교사가 되기 위해서는 임용시험을 보아야 한다. 과외를 대략 정리하고 학교의 '임용고시 준비반'에 들어갔다.

임용고시 준비반은 인문대 6층에 있다. 다른 건물은 가끔 리모델링을 하던데 인문대 건물은 몇 해가 지나도 그대로다. 내부는 회칠한 돌바닥이다. 아무리 화창한 날이라도 어둑한 긴 복도를 걸으면 서늘한 기운이 피부에 달라붙는다. 복도 중간 즈음에 '임용고시 준비반. 정숙해 주세요'라 적힌 작은 입간판이 있다. 모두가 흥성거리는 축제기간에도 여기는 진공인 듯 조용하다. 매일 아침 8시 반과 저녁 9시 반에 출석체크를 한다. 한 달에 세 번인가 빠지면 퇴출이다. 나는 책을 펴고 앉으면 양 팔꿈치가 벽에 닿는 좁은 칸막이에서 그대로 20대의 대부분을 보냈다.

내가 수험생이었을 때는 공무원이 최고 인기일 때였다. 교사도 마찬가지였다. 교원임용시험은 해당 과목 정교사 2급 자격증을 가진 사람들만 응시할 수 있다. 그러니까 교직이수를 하거나 사범대를 나온, 이 길밖에 없는 분들이 경쟁자다. 시험은 1년에 한 번뿐이고 전국 단위 국가 모의고사는 당연히 없다. 형식은 기입형, 서술형, 논술형인데 교육학 총점과 전공 총점만 발표되기 때문에 내가 어디에서 어느 정도 점수를 잃었는지 알 수 없다. 총점은 소수점 둘째 자리까지 나오지만, 모범답안은 나오지 않는다. 그래서 노량진 학원가에 가도 강사마다 기출문제의 정답과 점수 기준이 다르다. 한마디로 확실한 것이 하나도 없는 시험이다. 까만 밤바다에서 표류하는 기분이다. 저 멀리 빛은 흐리게 아물거리고, 차가운 숨이 막혀온다.

그렇지만 나는 할 수 있다. 동기들도 '다른 사람들은 다 떨어져도 너는 한 번에 붙을 거다'라고들 했다. 자신 있었다. 그러나 첫 시험에서 소수점 둘째 자리 차이로 떨어졌다. 전공은 커트라인을 너끈히 넘었지만 교육학에서 모자랐다. 두 번째도, 세 번째도 그랬다. 왜인지 도무지 점수가 오르지 않았다. 친구들은 자기 동네에서 공부하겠다며 하나둘 학교를 떠나갔다. 나는 결국 혼자가 되었다.

재학생들은 찬란한 햇살을 걸으며 삼삼오오 지저귄

다. 나는 투명한 지박령이 되었다. 아무도 나를 아는 사람이 없다. 홀로 학교를 떠다닌다. 가끔 기분전환으로 도서관에 가기도 하지만 거기에서도 나는 유령일 뿐이다. 종일 한 마디 하지 않은 적도 많다. 두 번째 시험을 보던 해였나, 집에 일이 생겨 과외로 모아두었던 돈을 다 빌려드렸다. 학자금 대출 원금상환일도 도래했다. 돈이 있는데 안 쓰는 것과 없어서 못 쓰는 것은 근본적으로 다르다. 친구들을 만날 시간도 없었지만 돈이 없어서 피했다. 거리가 좀 되었지만 학교를 걸어 다녔다.

한 잔에 천 원 하는 아메리카노도 사 먹을 수 없었다. 수험 생활할 때는 기분 전환할 만한 것이 먹는 것뿐인데, 그것마저 할 수 없다. 돈과 시간이 아까워서 오후 4시 한산한 학생 식당에서 전날에 만든 도시락을 혼자 먹는다. 차갑고 맛없다. 하지만 얼른 먹고 칸막이로 돌아가야 한다. 이 시간에도 경쟁자들은 집중하고 있을 것이다. 조바심이 나다가도 이렇게 살아서 무엇 하나 싶어 맥이 탁 풀리기도 하다. 지금부터라도 3년, 아니 5년 후에라도 합격한다는 보장만 있다면 얼마든지 즐겁게 할 수 있겠다. 하지만 미래는 안경 벗은 시야처럼 흐리다. 오래 봐온 교재는 이미 눈에 익숙하고, 1분 동안에도 오만 생각이 스친다. 그럴 때면 일기를 쓰며 버텼다. 몰래 숨죽여 울기도 했다. 나의 20대는 이렇게 작은 칸막이 안에서 마른 꽃처럼 바스러지는구나.

몇 번째였나, 불합격 발표를 본 날이었다. 종일 침대에 누워 조용히 울다가 문득 나의 미래와 살길을 생각했다. 냉정하게 보면 나는 할 수 있는 게 국어 말고는 아무것도 없다. 하다못해 엑셀도 제대로 다룰 줄 모르고, 워드도 잘 모른다. 익숙한 건 그저 학교에서 사용하는 한글 프로그램 정도다. 신입으로 들어가기엔 나이도 많다. 그러므로 회사에 입사하지는 못할 것이다. 돈을 벌 기술이 있는 것도 아니다. 그저 가르치는 기술과 약간의 국어 지식이 있을 뿐이다.

그러면 국어 강사라도 해야겠다. 어떻게든 살아보려고 여기저기 지원서류를 넣었다. 면접 보러 오라는 곳들이 꽤 있었다. 그러나 한 종합반 원장님은 대놓고 '임용을 보던 사람은 강사로 뽑기 싫다'고 했다. 그런 사람은 뽑아놔 봤자 임용철만 되면 몰래 시험을 보고 합격해서 빠져나간다 했다. 이해가 안 되는 것은 아니었다.

국어전문학원에서도 면접을 봤다. 원장님은 판서를 좀 더 구조화해야 하지만 국어 지식과 가르치는 기술만큼 은 여기 있는 모든 선생님보다 뛰어나다고 말씀해 주셨 다. 너무 오랜만에 들어보는 칭찬에 가슴이 시큰했다.

그러나 원장님은 강사로서가 아닌, '나'의 미래를 생 각해 보자고 했다. 학원 강사는 교사와 전혀 다른 직업 이다. 같은 것을 가르치지만 삶은 전혀 다르다. 강사는 낮에 쉬고 저녁에 일한다. 특히 국어 수업은 보통 주말 이기 때문에 국어 강사는 주말에 쉴 수 없다. 다른 직업 을 가진 친구들은 만나기 어렵고, 같은 강사끼리는 경 쟁한다. 피폐한 직업이라며, 한 번만 임용을 더 보면 좋 겠다고 했다. 송 선생, 송 선생은 교사를 해야 하는 사 람이에요. 내년에도 떨어지면 그때는 바로 채용할 테 니 한 해만 더 해보고 여기로 오십시오.

다스한 절망. 간신히 힘을 짜내어 감사하다고 말하 고 후들거리며 나와, 엘리베이터가 아닌 계단으로 내 려가는 무거운 철문을 열었다. 아무도 없는 차가운 계 단에 앉아 엉엉 울었다. 다정한 말씀은 분명 힘이 되었 지만, 당장 다음 1년을, 미래를 또 수험생으로 살아낼 힘을 주지는 못했다. 유일한 살길이라 생각했던 국어 강사도 될 수 없다. 나는 다시 무기력하게 누웠다.

나는 살고 싶었다. 서릿발 칼날진 그 위에 서서 어떻게 살아야 할지 오래 고심했다. 눈 감아 생각해 볼 밖에 없었지만 끝내 강철로 된 무지개를 발견하지 못했다. 아무리 생각해 봐도 나는 더 이상 살길이 없었다. 세상에 쓸모가 하나도 없는 인간이었다. 주변에 나를 사랑하는 사람들이 있었겠지만 매운 눈물에 가려 보이지 않았다. 어떻게든 살고 싶었지만 살 방법이 없었다.

죽어야겠다.

다만, 젊음이 아까우니 딱 1년만 놀고.

1년 놀기로 했으니 놀 계획을 짰다. 여행을 가볼까. 하지만 돈이 없다. 노는 데에도 돈이 필요하다는 것을 시리게 느낀다. 돈이 들지 않으면서도 지금까지의 삶과 전혀 다른 것을 해보자. 오랜 시간 좁은 칸막이 안에서 살았으니 어디든 나가보고 싶다. 매일 칙칙한 트레이닝복만 입고 공부했으니 화사하고 예쁜 옷도 입고 싶다. 그럼 뭘 해보지? 문득 거리 공연이 생각났다. 내 삶과 정말 관련 없던 일이라 그런 걸까.

그럼 뭘 해야 하나. 음… 해금 연주? 바이올린도 피아노도 있지만 일단 지금 가장 잘 다루는 악기는 해금이다. 하지만 이걸로 무엇을 해보겠다는 생각은 전혀 해본 적이 없었다. 오래 열심히 했고 정악 동호회 총무도 맡았었지만 임용시험을 이유로 그만두었다. 그런데 갑자기 웬 해금으로 거리 공연인가. 말도 안 된다.

원래 성격이 어땠는지 기억나지 않을 정도로 말없이 오랜 시간을 삭이며 공부했다. 문득 돌아보니 극내향인이 되어있었다. 길을 걷다 거리 공연을 보면 나는 관객 중 하나일 뿐인데도 공연자를 바라보지 못할 정도였다. 행여 그분과 내 눈이 마주치면 너무 부끄러울 것같아서다. 그런 내가, 사람들의 시선을 한 몸에 받으며 거리 공연을 해보겠다고? 얼굴이 터질 듯 빨개질 거다. 하지만 상관없다. 나는 어차피 죽을 거니까.

그럼 뭘 입지? 문득 한복을 입고 싶었다. 마침 장롱에 어머니의 한복이 있었다. 화사한 한복을 입고 연주하면 기분이 환해질 것 같았다. 그때는 관광지 한복대여점이 성행하기 전이어서 거리에서 한복을 입고 다니는 사람이 거의 없었다. 결혼식 날 혼주들에게서나 볼수 있는 정도였다. 그래, 한복을 입는다 치자. 사람들이 엄청나게 쳐다볼 텐데? 걷지 못할 정도로 부끄러울 텐데? 하지만 상관없다. 나는 어차피 죽을 거니까.

어느 토요일 오후, 한복을 입고 해금을 들고 용감히

집을 나섰다. 목표한 곳은 인사동과 삼청동 사이의 돌담길. 예전에 그곳에서 공연하시는 분들을 본 적이 있으니 아마 내가 연주해도 괜찮을 것이다. 근처에 도착하니 어느새 어둠이 번지는 시간이 되었다. 나는 뭇사람의 호기심 어린 시선을 한 몸에 받으며 꿋꿋이 걸어간다. 사람들의 시선이 치마에 찐득하게 달라붙어 무겁다. 가면서도 무수히 생각한다. 돌아갈까. 그래 여기까지 나왔으니까 오늘은 그것만으로도 잘해낸 거야. 돌아가고 다음에 하자. 아냐 그래도 기왕 여기까지 왔는데 연주하고 가야지. 그런데 누가 경찰을 부르면 어떡하지. 여기 전공자들도 많이 다닐 텐데 나를 비웃으면 어떡하지. 욕하면 어떡하지. 무서워.

결심과 실행은 별개의 문제다. 문득 공기의 농도가 짙어진다. 무거운 공기를 콧속에 밀어 넣는 것도 버겁다. 다리에 추를 매단 듯 느리게 걸었지만 결국 공연하려는 장소에 도착했다. 눈물이 날 것 같다. 그대로 스쳐 지나가고 싶다. 힘겹게 목표했던 벤치에 앉았다. 잠시 쉬는 느낌으로 앉아있다가 다시 자연스럽게 일어나서 집으로 갈까. 아냐. 그래도 해보자.

큰 숨을 내쉬고 세상에서 가장 무거운 해금을 꺼낸다. 너무 무거워 손이 덜덜 떨린다. 악기를 꺼내는 것을 보고 사람들이 하나둘 다가온다. 웅성거린다. 나는 조금 어지럽다. 눈물이 핑 돈다. 하지만 눈을 꾹 감고, 헐떡이는 심장을 그대로 느낀다. 해금을 조율한다. 첫 곡을 켠다. 덜덜 떨리는 손가락을 해금줄에 댄다. 가사를 생각한다. 연주한다. 연주를 한다, 내가. 길에서, 한복을 입고. 사람들 앞에서. 나를 이상하게 생각할까. 비웃을까. 무서워.

눈을 질끈 감고 첫 곡을 마쳤다. 고요하다. 천천히 눈을 떴다. 놀랍게도 수많은 사람들이 나를 둘러싸고 숨을 죽이며 듣고 있었다. 곧 어두운 고요를 뚫고 찬란한 박수 소리가 터졌다. 눈물을 훔치는 분도 있었다. 나는 얼얼했고 두려웠고 놀라고 황홀했다. 경찰도 오지 않았고, 아무도 나를 비웃지 않았다. 얼결에 인사한 후 다른 곡을 연주했다. 시간이 짙어질수록 관객들은 많아졌다. 결국 한 시간가량을 연주했다. 사람들이 다가와서 정말 잘 들었다고, 감동받았다고 했다. 왜 팁박스가 없냐며 이건 감동의 표시라며 돈을 쥐여주시기도 했다. 다시 꼭 듣고 싶다고, 여기 매주 오시냐고 했다.

아무것도 아닌 작은 수험생의 연주를 이렇게나 집중해서 오래 들어주시다니. 내 안의 오래 묵어 응결된 무언가가 뜨겁게 툭 터지는 것 같았다. 얼결에 다음 주 이 시간에도 나오겠다고 말해버렸다. 공연을 마치고 집에 오는 내내 반은 둥둥 떠있었다. 멍했다. 내가 박수받을 수 있는 사람이었다니. 누군가에게 감동을 줄 수 있다니. 심장이 아프도록 떨렸지만 분명 행복했다. 살아있는 느낌이었다.

어느 날, 다니던 국악학원에서 만난 대금 선생님께서 이번에 청계천에서 하는 거리 공연 오디션이 있는데 도전해 보지 않겠냐고 하셨다. 당연히 하고 싶지 않았다. 오디션은 누군가에게 평가받는 것인데, 만일 혹평을 받고 떨어지면 젠가같이 간신히 쌓아올린 자존감이 와르르 무너질 것 같았다. 하지만 상관없다. 나는 어차피 죽을 거니까.

드디어 오디션 날이 되었다. 4월의 청계천은 바람이 몹시 불었다. 앞머리가 휘날리고 치마도 정신없이 펄럭거렸다. 대금 선생님이 일부러 오셔서 격려해 주셨지만, 내 정신도 세찬 바람에 휙 날아가 버릴 것 같았다. 너무 떨려서 연주를 망쳤다. 바보 같아 눈물이 났지만 시도했다는 것에 만족하기로 했다. 그리고 며칠 후, 오디션에 합격했다는 연락을 받았다.

그렇게 그해 다양한 오디션에 전부 붙었다. 얼떨떨하고 신기했다. 내 인생에서는 합격이라는 단어를 더 이상 보지 못할 줄 알았는데 이렇게 많은 곳에서 합격하다니. 합격은 임용시험에만 있는 것이 아니었다. 나는 합격한 연주자였다. 심지어 공연비를 주는 오디션에도 붙었다. 해금을 연주해서 돈을 번다는 것은 이상하면서도 벅찬 기분이었다. 그것을 모아 연체됐던 학자금 대출도 조금씩 갚고, 가끔 맛있는 것도 사 먹고, 적지만 부모님께 용돈도 드렸다.

그해의 세밑, 매년 하는 '혼자만의 송년회'를 했다. 1년간 쓴 다이어리와 일기를 보며 한 해를 돌아보는 것이다. 눈이 창밖에 가득 펼쳐진 카페에 앉아 일기장을 꺼내며 생각했다. 이제 계획대로 죽어야겠다. 어떻게 죽어야 덜 아플까. 하지만 일기장을 읽으면서 조금 아쉬워졌다. 이렇게나 행복했는데, 이대로 끝내버리기엔 좀 아깝다. 그럼 삶이 재미없어질 때까지만 살아볼까.

　나는 10여 년이 지난 오늘도, 해금 연주자로 재미있
게 살고 있다.

거리 공연을 시작했을 때 두려웠던 것이 몇 있었다. 국악 전공자도 아닌 사람이 한복을 입고 해금을 연주한다고 비웃으면 어떡하지, '나댄다'고 생각하면 어떡하지. 하지만 시간이 지나면서 조마조마했던 마음이 조금 편안해졌다. 거리는 모두에게 열려있는 곳이다. 폐가 되지 않는다면 누구라도 지정된 장소에서 자유로이 연주할 수 있다. 여기는 내 무대고 내가 전공자든 아니든 상관없다.

그리고 좀 나대면 어때. 내가 실력이 없다면 듣는 사람이 없을 테고, 내가 연주로 감동이든 무엇이든 드릴 수 있다면 관객들이 들어주시겠지. 그건 전공과는 상관없는 일이다. 그리고 나는 국악계에 들어가는 게 아니고 거리 공연계에 들어가는 것이니 괜찮다고 생각했다. 친한 국악 전공자들도 거리 공연을 한다는 얘기를 듣고 응원해 주셨다. 용기가 멋지다며, 해금을 널리 전해달라고 부탁하셨다.

부모님의 반대도 걱정되었다. 나는 부모님을 거역하지 않는 착한 딸이었다. 부모님은 내게 기대가 크셨다. 교사가 되겠다 했을 때도 그러지 말고 좀 더 공부해서 교수나 장관이 되는 게 어떻겠냐고 하셨던 분들이다. 그런 내가 일등 신붓감인 교사를 버리고 풍각쟁이가 되겠다고 하면 뭐라고 하실까. 일단 부모님은 매일 방에 처박혀 울기만 하던 딸이 그래도 밖에 나가니 좋아해 주셨다. 아빠는 내가 엄마를 닮아 한복이 참 잘 어울린다고도 하셨다. 더 말은 없으셨지만 나를 보며 마음이 많이 아프셨을 것 같다.

처음으로 팁박스를 놓은 날, 팁이 모인 것이 신기해서 집에 돌아와 부모님께 신나게 조잘거렸다. 모인 돈을 같이 세어보았다. 엄마는 "사람들이 네 연주를 듣고 돈을 준다고?" 하며 놀라셨다. 나는 그 돈을 엄마께 모두 드렸다. 유료 공연을 처음으로 한 날에도 약간의 과장을 섞어 신나게 공연 이야기를 들려드리고 받은 공연비를 드렸다. 나는 용돈을 드리면 조금은 이 일을 인정받을 수 있지 않을까 싶어 드린 것이었지만, 부모님은 그저 내가 행복해하는 모습에 기뻐셨던 것 같다. 10여 년이 지난 지금도 여전히 이 일이 '직업'이 될 것인가에 대해서는 의문을 품고 계시지만, 나와 함께 부모님의 확고한 가치관도 조금은 달라지지 않았을까 생각한다. 이제는 거리 공연자를 보시면 내 생각이 나 꼭 만 원 정도를 팁박스에 넣고 오신다고 한다.

공연 중에 쫓겨나지는 않을까 하는 걱정도 들었다. 예전에 일본에서 거리 공연을 감명 깊게 보았는데 곧 경찰관들이 와서 거리 공연을 제지했던 기억이 났다. 한국도 그러면 어떡하나 싶었다. 친해진 한 거리 공연자는 앰프도 없이 기타와 생목소리로 공연하는데도 매번 민원이 들어와 이젠 경찰과 친해질 정도라고 했다. 나는 그런 일이 생기면 자신감이고 뭐고 잃어버리고 한 마리 건포도처럼 대번에 쪼그라들어 버릴 것 같았다.

실은 쫓겨나는 것 자체보다는 '누군가 내 연주를 싫어해서' 민원을 넣는 것이 두려웠다. 임용시험을 보면서 매번 불합격이라는 거절을 당해왔으니, 이제 그런 경험은 최대한 피하고 싶었다. 하지만 막상 거리 공연을 시작하니 많은 분들이 내 연주를 사랑해 주셨다. 마음의 배가 통통해질 정도로 다스한 말도 해주셨다. 지금이라면 만일 누군가가 내 공연을 제지한다고 해도, '나'가 아니고 현재의 '행동'을 제지하는 것이라는 걸 안다. 자존감을 쓸데없이 무너뜨리지 않을 수 있을 것 같다.

본격적으로 거리 공연을 시작하고 나니, 조금은 다른 색의 걱정이 나를 휘감았다. 나와 비슷한 느낌의 국악 전공자가 거리로 나오면 어떡하지? 나는 1. 한복을 입고 2. 거리에서 3. 해금으로 4. 모두가 사랑하는 곡들을 연주한다. 이 정도는 누구나 할 수 있다. 그러면 나는 대번에 잊히는 것이 아닐까.

그러나 이런 걱정을 하는 사이에 몇 년이 지나도, 한동안 나와 비슷한 사람이 나오지 않았다. 이유가 궁금했다. 친한 국악 전공자와 대화한 후 의문이 조금 풀렸다. 아직도 국악계는 매우 보수적이다. 제자가 거리에서 공연하는 것을 좋아하지 않는 교수님이 많다고 한다. 그리고 신곡, 그러니까 가요 등을 연주하는 걸 싫어

하시는 교수님도 계신다고 한다. 내가 즐겨 연주하는 트로트는 말할 것도 없다. 그래서 그때 거리 공연계에는 국악기를 연주하는 사람이 거의 없었다. 그러니까 나는 나도 모르게 블루 오션에 뛰어들었던 것이었다.

그래, 기왕 하는 거 열심히 해보자. 세상의 어떤 일이 돈을 벌면서도 사람들의 다정한 시선과 박수를 받을까. 매번 덕분에 행복했다고, 감동했다는 말을 들을까. 나는 이 일을 진심으로 사랑하게 되었다. 해금을 켜면 웃음이 나왔다. 간주 중에는 당실당실 춤도 추게 되었다. 그러자 사람들은 내가 행복하게 연주하는 모습에 더욱 감응해 주었다. 행복 바이러스라는 별칭도 붙여주었다. 존경하는 해금 선생님은 내 직업이 연주자를 넘어서, '행복을 나누어 주는 사람'이라 말씀해 주셨다. 거리 공연을 하다 보니 다른 실내 공연이나 큰 공연들도 조금씩 섭외가 들어오기 시작했다. 많이 떨렸지만 하나하나 무사히 해냈다. 이제는 개인 공연이나 지역축제 공연까지 다채롭게 섭외가 들어온다. 그러나 처음 타인 앞에서 해금을 연주했을 때의 설레는 마음은 변하지 않았다. 오늘도 나는, 행복을 연주한다.

국문학과 해금은 언뜻 관련이 없어 보인다. 국문학을 전공한 해금 연주자라니, 어떻게 보면 좀 뜬금없기도 하다. 오랜 시간 국문학을 공부했는데 전혀 다른 길을 걷게 되어 아깝다는 분들도 있다(대표적으로 부모님이 있다). 하지만 국문학을 공부한 것이 해금 연주와 공연 활동에 도움이 될 때가 있다. 거리가 멀어 보이는 두 길도 잇닿는 부분이 있다는 게 신기하다. 국문학 공부를 열심히 해두기를 잘했다.

고등학교 때까진 내가 국어를 제일 잘하는 줄 알았는데 아니었다. 대학교는 차원이 달랐다. 전국에서 엄청난 학생들이 다 올라왔다. 어딘가에서 내로라하던 학생들과 함께하니 점수를 잘 받기 힘들었다. 1학년 때

책을 읽고 토론하는 수업이 있었는데, 날아다니던 고등학교 때와는 달리 발표 기회 한 번 얻기도 어려웠다. 간신히 기회를 잡아 달달 떨며 발표하면, 반론하려는 학생들이 손을 우르르 들었다.

글은 또 얼마나들 잘 쓰는지. 유려하면서도 술술 읽히도록 잘도 쓴다. 수업을 마치고 혼자 도서관에 가 보면 학과 친구들이 다 앉아서 공부하고 있다. 함께 도서관이 마치는 시간까지 논문 읽고 공부하다가 밤늦게 집에 가는 것이다. 다들 어딘가 한 군데에는 꽂혀있었다. 철학책을 밤새 읽는 친구나 매일 시를 쓰는 친구, 어떤 작가의 드라마를 너무 좋아해서 몇 회의 등장인물 대사까지 줄줄 외는 친구도 있었다. 그 안에서 살아남아야 했다. 고등학교 때보다 더 열심히 공부했던 것 같다. 석사학위논문을 쓸 때나 임용시험을 준비할 때는 말할 것도 없다. 매일 토론과 공부의 연속이었다. 그러다 보니 어느새 말하기나 글쓰기가 조금은 익숙해졌다.

본격적으로 프리랜서 해금 연주자가 되어보니, 의외로 글 쓸 일이 많았다. 공연비를 받는 거리 공연은 지원 서류를 잘 써야 한다. 서류에 합격하지 못하면 오디션은 볼 수도 없다. 어떻게든 그럴싸하게 지원 동기나 나의 예술적 지향점 등을 써내야 하는데, 나는 다행히도 이런 종류의 글에 익숙했다. 띄어쓰기나 맞춤법을 칼같이 지키는 것은 기본이다. 특히 큰 단위의 예술지원사업은 어마어마하게 많은 서류를 써야 한다. 감사하게도 나는 서류를 꼼꼼히 써서 여러 오디션과 예술지원사업에 합격했다.

의외로 연주자에게는 말하는 것도 굉장히 중요했다. 재치 있게 말하되 상대를 해치지 않는 멘트를 해야 한다. 모두를 집중시키면서도 재미있는 진행이 중요하다. 나는 특히 문장호응이 되도록 말하는 것을 중시하는데, 말은 글과 달라 잘못하면 금세 중구난방이 되기 때문이다. 나는 멘트도 공연의 기술 중 하나라고 생각하여 공을 들인다. 공연의 성격에 맞으면서도 최대한 품위 있는 어휘를 사용하여 공연 전체의 격을 높이려한다.

과도하게 긴장하면 안 된다. 아무 말이나 떠들게 되거나 혹 경솔한 말을 뱉을 수도 있기 때문이다. 긴장하지 않으려면 해금과 멘트 둘 다 충분히 연습하여 자신

감을 가져야 한다. 만일 축제, 홍보 등 목적이 있는 행사 공연이라면 행사의 이름과 주최, 주관 등을 미리 외워둔다. 공연 중에 그걸 언급하며 감사함을 전한다. 거리에서 불특정다수를 대상으로 하는 공연이라면 공연장의 상황과 분위기에 따라 멘트를 최소한으로 줄이거나 악기에 대한 설명을 추가하고 퀴즈를 내는 등 상황을 보고 유연하게 대처한다. 주어진 공연 시간에 딱 맞는 진행은 물론이다.

연주 자체에도 국문학은 큰 도움이 된다. 나는 보통 가사가 있는 가요를 연주한다. 연주 전에 가사를 현대시 읽듯 깊이 읽는다. 관형사형 전성어미의 시제나 보조사의 독특한 쓰임까지 본다. 그러면 심상히 듣던 친숙한 곡들에서도 깊은 의미를 발견하게 된다. 그 해석과 나만의 감성을 모아 연주 전에 관객들과 나눈다. 제목만 말하고 연주할 때보다, 충분히 곡을 소개한 후 연주할 때 관객들의 반응이 더욱 좋다. 잘 알던 곡인데 이렇게 깊은 내용인지 몰랐다며, 연주에 가사가 들리는 것 같아 더욱 감동이었다는 분들을 뵙곤 한다.

유튜브에서 가장 높은 조회 수를 기록한 〈서른 즈음

에〉 연주 댓글에도 연주 전 해석에 깊은 공감을 표한 분들이 많았다. 이런 해석 능력을 인정받아 천안시민대학에서 강연하기도 했다. 현대 시를 해석하는 방법을 알기 쉽게 설명한 다음, 친숙한 곡의 가사를 그 방법으로 해석하고 연주했다. 다들 눈을 반짝이며 강연과 연주를 들어주셨다. 눈물 흘리시는 분도 보았다. 나중에 학생들의 만족도가 높았다는 말씀을 듣고 뿌듯했다.

담당자님 중에도 내가 국문학을 전공했다는 것을 특별하게 보아주신 감사한 분들이 계시다. 아직 현장 분위기에 맞는 공연 진행을 하기도 어려웠던 초창기, 이 선생님을 이응노 미술관 공연에서 처음 뵈었다. 인문학을 공부한 해금 연주자라 더욱 좋다며, 마음껏 연주해 달라고 하셨다. 선생님에게는 독특한 분위기가 있었다. 깊은 학식이 느껴지면서도 자랑하지 않으시는 분이었다. 공연이 끝난 후에도 가끔 연락하셔서 '여기 분들이 해금 연주했던 날의 이야기를 아직 많이 하신다'며 용기를 주시곤 했다.

담양에서 뵈었던 박 선생님도 기억에 오래 남는다. 학부는 공과대학을 나오셨지만 석박사는 국문학을 전공하셨다고 한다. 아마 나 이상의 말할 수 없는 곡절이 있으셨겠지. 한 마디 한 마디에 깊이가 있는 분이다. 지역 문화예술 활성화에 대한 고민이 많으셨는데 지역은 달랐지만 나를 동료로 생각해 주시는 것 같아 감사했다. 만일 국문학을 전공하지 않았다면 이분들과 이렇게 금방 깊은 대화를 나누지 못했을지도 모르겠다. 나는 이 두 분을 다 '선생님'이라고 부르고 있다. 나에게 선생님이라는 말은 존경을 표하는 최고의 표현이기 때문이다.

아참, 다른 의미로도 국문학을 전공한 연주자는 좋은 점이 있다. 하루 벌이가 불안한 거리 공연자치고는 꽤 전문성 있는 부업이 가능하다. 한 인디 음악 잡지의 교정과 교열을 오래 맡고 있는데, 음악과 국어를 알기 때문에 나름대로 경쟁력이 있다고 생각한다. 최근에는 한 교수님의 의뢰로 그분이 번역한 클래식 책을 교정 교열했다. 아무래도 번역투의 문장이 많아 고생했지만 연주자로서는 흔히 누릴 수 없는 영광이었다. 물론 이 부업들로 큰돈을 벌지는 못해도 열심히 공부했던 시간을 이렇게도 활용할 수 있다는 것이 감사하다.

얼마 전에 한 출판기념회에서 공연했다. 며칠 후 주선하신 분들과 저녁을 함께했는데, 한 분의 따님께서 이렇게 얘기했다고 한다.

"엄마, 저 연주자님 말에는 품격이 있어. 그리고 공연 전체에 기승전결이 있더라."

순간 눈물이 핑 돌았다. 남몰래 노력해 오던 것을 인정받은 기분이었다. 나는 국문학을 전공한 해금 연주자로서, 나만이 할 수 있는 다채로운 깊이를 더해 연주하려 한다. 어떤 것이든 쓸모없는 경험은 없다. 온 힘을 다해 공부했던 경험이라면 더더욱.

2 ■ 해금, 좋아하세요?

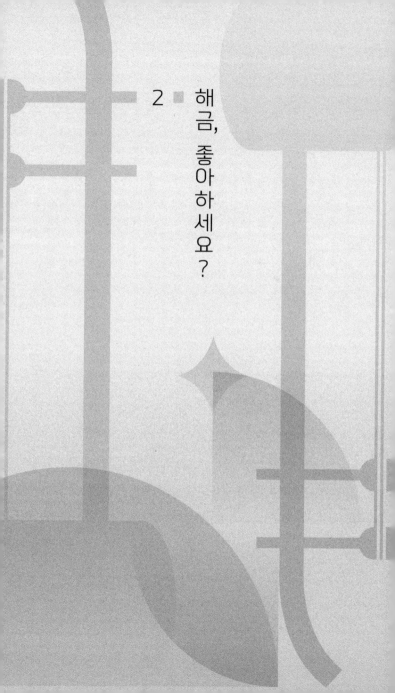

공연 때는 신나게 춤도 추고 활발해 보이지만 조금은 가짜다. 집에 돌아올 때쯤이면 거의 방전되어 해삼처럼 방바닥에 착 붙어버린다. 심해 같은 나의 작은 방. 피곤한 해삼은 돌아눕기도 귀찮다. 꼭 나만의 공간에서 뒹굴거리며 일정 시간 에너지를 충전해야 다음 일을 할 수 있다. 그러므로 밖에 나가려면 꽤나 큰 결심이 필요하다. 역시 전형적인 내향인이다. 그래서 새로운 걸 시도하는 것도 좋아하지 않았다. 그럼 정기적으로 밖에 나가야 하니까. 혹시 사람들과 어울린다면 더큰일이다. 생각만 해도 기운이 빠져나가는 것 같다. 그런 내가 스스로 해금을 배우러 매주 나가고, 많은 사람과 만나는 거리 공연자가 되었다니, 지금 생각해도 신기하다.

　아주 어릴 때부터 언니를 따라 피아노학원에 다녔다. 선생님이 좋아서 재미있게 다녔지만 몇 년간 다니면서 문제가 생겼다. 손이 커지지 않았다. 피아노를 잘 치려면 적어도 한 옥타브 정도는 한 손으로 가볍게 누를 수 있어야 한다. 매번 손가락 사이를 쫙쫙 찢어보았지만 여전히 어린 동생들의 손보다도 작았다. 결국 〈소녀의 기도〉쯤에서 좌절하고 그만두고 말았다.

　동네에 바이올린 학원이 생겼다. 다니면 맛있는 것을 사주신다는 엄마의 말씀에 바이올린 학원에도 다니기 시작했다. 섬세한 손놀림에 따라 음이 변하는 바이올린은 내 기준 뚱땅거리기만 했던 피아노보다 훨씬 재미있었다. 금세 실력이 늘었다. 피아노를 놓지 않은 언니와 함께 부모님 지인의 결혼식 축주도 많이 다녔다. 그때만 해도 아이가 바이올린을 연주하는 경우는 흔치 않았기 때문에 예쁨을 많이 받았다. 교회에서 앙상블도 했다. 중학교 합창대회 때 바이올린 독주를 할 정도로 오래 재미있게 배웠다.

　하지만 학원에서 개인레슨으로 바꾼 후, 흥미가 급

격히 떨어졌다. 선생님이 너무 엄하셨다. 몇 시간을 내리 연습하다가 힘들어서 팔이 조금이라도 내려가면 자로 찰싹 때리셨다. 미묘한 음 차이에 화를 벌컥 내셨다. 그러다 기분이 좋으시면 아끼던 책을 빌려주시는 등 매우 잘해주시기도 했다. 학교를 마치고 학원 빼고는 거의 그 선생님 댁에 있었는데, 비일관적인 교육 때문에 정말 힘들었다. 나중에는 바이올린만 보아도 머리가 지끈거릴 정도였다. 결국 학업을 핑계로 그만두고 말았다.

음악을 사랑했지만 국악에는 전혀 관심이 없었다. 중학교 때였나, 국립국악원에서 공연을 보고 감상문을 내는 숙제가 있었다. 마침 정악을 듣게 되었다. 세상에 어쩜 저렇게 느리고 지루한 음악이 있나 싶었다. 아주 늘어지게 잘 잤다. 어찌어찌 꾸며서 보고서를 내기는 했지만, 그 이후로 '국악'은 머리에서 빠르게 잊혔다. 내게 국악이란 그저 가치 있지만 멀게 느껴지는 무언가였다. 그리고 시간이 지나, 나는 국문학과에 진학했다.

오래전부터 특이한 악기를 배워보고 싶었다. 저 먼 이국의 만돌린 같은 악기. 특별하면서도 마음이 치유

되는 소리를 내 것으로 하고 싶었다. 당연히 그때는 그런 악기를 가르치는 곳이 없어 조금 찾아보다 잊어버렸다. 그러다 어느 날, 교회에서 어떤 분이 해금으로 〈Amazing Grace〉를 연주하는 것을 보았다. 국악기로 내가 좋아하는 곡을 연주하니 이상한 감동이 밀려왔다. 역설적으로 국악기가 내가 원해왔던 특이한 악기가 될 수도 있겠다는 생각이 들었다. 그날 바로 인터넷을 3일쯤 열심히 뒤져서 가장 저렴한 국악학원을 찾아냈다. 홀린 듯 바로 등록해 버렸다. 원래는 무슨 일을 시작하기 전에 오래 고민하다 결국 시작도 하지 못하는 경우가 많았는데, 해금과 나는 인연이 아니었을까.

1:1 수업을 들었는데 수업료가 저렴한 대신 수업 시간이 매우 짧았다. 새로운 악기를 배우려니 매우 힘들었다. 이미 유튜브로 여러 멋진 연주자들의 곡을 듣고 한껏 귀가 높아져 있는데, 손가락은 영 말을 듣지 않았다. 〈나비야〉가 이렇게나 어려운 곡인지 몰랐다. 노랑나비 흰나비가 파들파들 날아다녔다. 귀로는 틀린 것을 알겠는데 손이 따라주지 않았다.

선생님은 예전 바이올린 선생님만큼 엄하셨다. 손가

락 힘을 조절하지 못해 음이 정확하지 않으면 그게 아니라고 소리치며 들고 있던 연필을 내게 홱 던지시기도 했다. 깜짝 놀라 순간 눈물이 그렁그렁해지고 뭐 하러 이런 수모를 당하며 배우나 싶었지만, 수업 시간이 짧으니 울 여유도 없었다. 어떻게든 오래 배웠다. 어느새 학원에서 가장 고인물(?) 수강생이 되어있었다. 여러 선생님이 거쳐 갔다. 동요를 지나 정악, 산조까지 열심히 배웠다.

해금은 바이올린에 비해 좋은 점이 있었다. 바이올린은 턱으로 악기를 고정해서 연주하는 것이라 왼쪽 어깨가 무거웠다. 왼쪽 귀쯤에서 소리가 크게 나기 때문에 왼쪽 귀도 좀 안 좋아진 것 같았다. 턱 밑에 까만 자국이 남는 것도 싫었다. 하지만 해금은 일단 앉아서 악기를 발 위에 얹고 연주하는 것이 좋았다. 물론 반가부좌로 앉아야 하고, 오래 연습하면 다리가 저리는 데다가 허리와 골반이 뒤틀리는 것 같지만 적어도 무겁게 악기를 어깨에 올릴 필요는 없었다. 소리 내는 것도 바이올린보다 내 기준으로 더 어렵지만, 적어도 바이올린을 처음 배울 때처럼 악기를 옆눈으로 째려봐 가며 위치를 조정하지 않아도 되었다.

어디에선가 해금 소리를 미묘하게 잘 내려면 일어나자마자 아무것도 안 만진 손으로 연습하면 좋다는 말을 들었다. 그 말을 믿고 평소보다 일찍 일어나 한동안 그대로 했다. 단독주택이라 소리가 밖으로 새어나가지 않아 다행이었다. 아침 화장실도 최대한 손을 사용하지 않고 엉거주춤하니 다녀와서 바로 연습을 시작했다. 부모님께서 아침부터 끼익 문 여는 귀신 소리가 난다고 웃으셨지만 꾸준히 했다.

음정을 짚는 왼손도 중요하지만 활질하는 오른손이 더욱 중요하다는 얘기도 들었다. 해금 자체에 울림이 스미도록 개방현을 매번 잘 그어주어야 한다는 말도 들었다. 이것도 그대로 했다. 개방현을 긋기만 하는 건 음의 변화가 없어 지루하지만 한 활에 같은 질감의 소리를 내는 것이 생각보다 어렵다. 하다 보면 좀 멍해지면서 마음이 차분해진다. 도를 닦는 게 이런 걸까. 이렇게 오래 연습하면서 음은 조금씩 정확해졌고, 귀신 소리는 차츰 정돈된 소리가 되었다.

사람들과 어울리는 것을 좋아하지 않았지만, 해금과

함께 조금은 달라졌다. 진도 국악원에서 하는 국악 캠프에 다녀오기도 하고, 정악 동호회 '풍류벗'의 원년 멤버로 총무를 오래 하기도 했다. 바이올린으로 앙상블을 했던 때와는 기분이 또 달랐다. 정악은 알 수도 없고 지루하다고 생각했는데, 직접 연주하니 또 다른 재미가 있었다. 알고 보니 정악은 지루한 것이 아닌 편안한 것이었다. 원래 나는 조급하고 완벽주의적이었다. 자책하는 일도 많았다. 하지만 해금을 연주하면서 조금씩 마음의 여유가 생겼다. 역시 음악은 사람의 마음을 순후하게 만드나 보다.

집에서도 틈만 나면 연습하고, 학원에 가는 날에는 부러 시간을 내어 학원에서 오래 연습했다. 습기 관리가 중요하다고 해서 가습기와 제습기도 샀다. 언제든 연습할 수 있도록 집에 오면 해금을 케이스에서 꺼내두었다. 한 곡을, 한 부분을 계속 연습했다. 몇 년을 꾸준히 하자 조금씩, 아주 조금씩 얼추 마음에 드는 소리가 나오는 순간들이 생겼다. 그렇게 해삼의 삶에 해금이 사붓이 녹아들기 시작했다.

국악기 해금은 약 15년 전 드라마 〈추노〉의 OST 〈비
익련리〉를 통해 대중에게 크게 알려졌다. 아마 해금이
비중 있게 나온 첫 드라마가 아닐까 싶다. 등장인물들
이 모닥불에 앉아있는데, '설화'라는 사람이 '이건 돼지
가 새끼 낳는 소리', '이건 강아지가 개백정에게 잡혀가
는 소리'라 하면서 해금으로 다양하고 해학적인 소리를
낸다. 그러다 문득 '이건 뒷집 도령이 앞집 낭자 보고
가슴 뛰는 소리'라며 조용히 〈비익련리〉를 연주하고,
등장인물들은 아련한 표정을 짓는다. 장면과 아름답게
어우러진 이 곡은 지금까지도 큰 사랑을 받는다. 나도
공연 중 가끔 이 곡을 신청받곤 한다.

비슷한 시기 〈동이〉라는 드라마에서도 해금이 등장

한다. 해금은 주요 장면마다 동이의 마음을 대신하여 구슬프게 울린다. 해금이 계기가 되어 남자 주인공과 만나기도 한다. 동이 역을 맡은 배우 한효주 씨가 직접 해금을 연주하는 동영상도 화제가 되었다. 나는 텔레비전을 잘 보지 않아서 몰랐지만, 이 두 드라마를 계기로 해금을 배우려는 분들이 폭발적으로 늘어났다고 한다.

하지만 아직 해금의 인지도는 그리 크지 않은 듯하다. 해금으로 거리 공연을 한 지 10년이 다 되었는데도 "이거 아쟁 맞죠?" 하는 분들을 거의 매번 만난다. 오래전 '비타스'라는 러시아 가수가 매우 높은 음의 노래를 불렀는데, 우리나라에서는 '아쟁 총각'으로 불리기도 했다. 아쟁은 해금보다 상대적으로 낮은 음역대의 악기인데, 아무래도 아쟁과 해금을 혼동하여 붙인 이름인 듯하다. 되레 '아쟁 총각' 때문에 해금을 아쟁으로 잘못 알고 계시는 분들도 많은 것 같다.

아쟁은 여섯 줄이 올라간 몸체를 가야금처럼 가로로 두고, 몸 앞뒤로 활을 긋는 악기다. 해금과 완전히 다른 모양이다. 아쟁은 차라리 가야금과 더 닮았다. 하지만 같은 찰현악기이고, '아쟁'이라는 이름이 아무래도 해금처럼 쨍쨍거리는 느낌이 나서 그렇게 생각하시는 듯하다. 게다가 예전 교과서에도 해금이 아쟁으로 잘못 기재된 적이 있었다고 한다. 그래서 나는 이게 아쟁이냐고 물으셨던 관객분들이 민망하시지 않게, 학창 시절에 공부를 열심히 하셔서 그렇다고 말씀드리곤 한다.

가끔 중국을 잘 아시는 분들은 중국 전통악기 얼후와 비슷하다고 말씀하시기도 한다. 그건 정말 그렇다. 모양도 비슷하고 줄도 두 개다. 하지만 하다못해 고사리도 중국산이 더 크듯이, 얼후는 일단 해금보다 좀 크다. 줏대 끝이 기울어진 방향도 다르고, 연주하는 방법도 다르다. 무엇보다 줄의 재질이 다르다. 얼후는 듣기로는 악기를 개량하여 줄을 철현으로 바꾸었다고 한다. 울림통도 해금과 달리 육각형이며, 복판이 보통 뱀가죽이다. 그러다 보니 음색도 다르다. 얼후는 경극에서 나오는 음색을 생각하시면 될 듯하다. 얼후 연주를 들으면 빨간 치파오를 입은 날렵한 여인이 떠오른다. 하지만 해금은 냇가에 홀로 앉아 빨래하는 여인의 서러운 울음소리 같다.

해금은 특히 양악과 잘 어울리는 국악기다. 손가락

의 위치뿐 아니라 어느 정도로 누르느냐에 따라 음을 미묘하게 표현해 낼 수 있기 때문이다. 국악에서의 5음 (황태중임남)뿐 아니라 양악에서의 7음(도레미파솔라시), 혹은 그 이상도 연주할 수 있다. 하지만 다르게 말하면 정확한 음을 내기 어렵다는 단점이 될 수도 있다. 손의 힘을 조금만 다르게 주어도 음이 획획 변한다. 또 해금은 온습도의 영향을 많이 받는다. 해금의 줄은 양악기와 달리 명주실을 꼬아 만든다. 활은 말꼬리(말총)에 송진을 바른 것이고 울림통은 흔히 대나무 뿌리를 사용한다. 그래서 더욱 그런 것 같다. 나는 주로 거리에서 연주하기 때문에 그날의 온습도에 따라 해금의 소리가 달라지는 것을 느낄 수 있다. 어떨 때는 끽끽거리고 어떤 날에는 흐물흐물한 소리가 난다. 집에서는 최대한 온습도를 50퍼센트 정도로 맞추려 하고, 해금 가방 안에도 때에 따라 제습제나 댐핏(습도 조절기)을 넣고 다니지만, 장마철이나 매우 덥고 추운 날 거리에서 연주하면 실시간으로 소리가 달라져서 좀 슬프다.

하지만 해금은 여러모로 매력 있는 악기다. 일단 예쁘게 생겼다! 해금을 꺼낼 때 관객분들이 "우와~ 예쁘다!" 하시면 나는 그만 팔불출이 되어 내 악기를 자랑한다. 어쩜 이렇게 날렵하고도 곱게 생겼을까? 볼 때마다 감탄한다. 그리고 다른 국악기(물론 향피리 등에 비할 바는 아니겠으나)에 비해 가볍고 자그마하다. 어디든 들고 다닐 수 있다. 해외여행을 갈 때도 케이스만 잘 선택한다면 기내 반입이 가능하다.

작은 만큼 다른 국악기에 비해 가격이 과히 나쁘지 않다. 편차가 크지만 가야금과 거문고는 대체로 상당히 고가다. 심지어 가야금은 정악용과 산조용, 현대곡을 연주할 수 있는 25현을 다 구매해야 한다. 그러나 해금은 정악과 산조, 신곡을 한 악기로 연주할 수 있다(구별하여 사용하시는 분들도 많다). 정확한 음을 내기 어렵다는 단점은 미묘한 느낌을 풍성하게 낼 수 있다는 장점이 되기도 한다. 어떤 때는 아주 정확한 음보다 조금 낮거나 높은 음이 더욱 풍성하게 들린다. 그래서인지 해금 소리는 사람이 노래하는 것 같다는 이야기를 많이 듣는다.

해금이라는 악기가 많이 알려진 지금도, 해금으로 연주하는 가요는 구슬프고도 느릿하니 마음을 적시는 곡뿐이라고 생각하시는 분들이 많다. 그래서 신나는 축제 분위기에 청승맞은 해금은 맞지 않다며 거절하시는 담당자님도 많이 보았다. 물론 느리고 슬픈 곡들을 해금으로 연주하면 정말 아름답다. 단연 해금의 매력 중 하나라 할 수 있을 것이다. 하지만 한국인에게는 한(恨)만 있는 것이 아니다. 흥(興)도 있다. 해금으로도 얼마든지 흥겨운 곡을 연주할 수 있다. 그래서 나는 댄스곡이나 트로트 등 다양한 장르에 도전한다. 간주 중에는 관객들과 함께 신나게 춤을 춘다. 재작년부터는 서서 연주하는 연습을 하여 이제는 관객 사이를 걸어 다니며 연주할 수 있게 되었다. 공연을 마치고 나면 해금이 이렇게 흥겨운 악기인지 몰랐다는 분들이 많다. 해금의 매력은 이렇게나 풍성하다.

어떤 것에든 천착하면 어느 순간 창작하고 싶어지는 것 같다. 국문학도 시절에는 글을 쓰고 싶었다. 여러 장르로 습작을 해보았지만, 다 어딘가 제멋대로인 조각들로 남아 책으로 엮기에는 애매했다(언젠가 모아 조각보로 만들어 보고 싶은 생각은 있다). 그때도 내 작품이 다른 이에게 평가받는 것이 두려워 일부러 창작론 수업을 최대한 듣지 않았다. 그 후 국어 강사가 되어 학생들의 논술은 빨간펜으로 죽죽 평가하면서도 스스로에게는 그런 기회조차 주지 않았다. 학부 때부터 용기 있게 자신의 작품을 친구들에게 내보인 한 후배는 지금 시인으로 등단해 활동하고 있다. 만일 내게도 용기가 있었다면 내 글세계의 화소를 야금야금 높여 등단하게 되었을까.

음악도 마찬가지였다. 틈틈이 작곡을 했지만 부끄러워 남에게 들려주지 못했다. 차라리 글을 보여주는 게 나았다. 글은 그래도 같은 계열을 전공했으니까. 내가 만든 곡이 기존 음악의 문법에 맞는지도 모르겠다. 만일 혹평을 들으면 다시는 곡을 쓰지 못할 것 같다. 내가 들어도 어떤 날에는 아주 괜찮은데, 언제 들으면 또 너무 바보 같다. 일반 연주자와 음원을 발매한 연주자는 천지차이라는 말을 많이 들었다. 특히 자작곡이라면 더더욱. 매번 저작권료가 들어올 뿐 아니라 연주자 선발 때에도 크게 작용한다고 한다. 부러웠지만 음원을 내려면 일단 세션들에게 내 곡을 들려줘야 할 텐데, 그것부터 너무 겁났다. 부끄럽던 나의 오선보는 가끔 몰래 들여다보는 비밀이 되었다.

하지만 코로나가 일상을 갑갑하게 덮으면서 중대한 변화가 생겼다. 코로나는 제일 먼저 거리 공연을 없앴다. 하긴 몇 명 이상은 아예 만나지 못하게 하는 법이 생길 정도였으니 사방이 트인 거리라 해도 사람들이 몰려있는 것은 큰일이긴 했다. 그때는 감염병이 일상에 퍼지는 게 처음이라 다들 혼란스러워 더욱 그랬을 것이다. 그러나 거리 공연자는 하루아침에 직업을 잃고 말 그대로 거리에 나앉게 되었다. 많은 동료 연주자들이 음악을 포기하고 다른 살길을 찾았다. 나는 그러고 싶지도 않을뿐더러, 그럴 용기도, 그럴 능력도 없어 다시 집에 틀어박혔다. 부모님은 뭐라 하지 않으셨지만 눈치가 보였다. 그럼 기왕 일도 없으니 음악을 학문적으로 배워보자. 화성학이 그렇게나 어렵다고 하지만 막상 제대로 공부하면 문법처럼 재미있는 것일지도 몰라. 사이버대학교 실용음악학과에 입학했다.

종일 집에서 수업을 들었다. 해는 우리 집 화장실에서 떠서 거실을 지나 내 방을 엿본 후 사라진다. 그즈음 부모님이 퇴근하시면 눈칫밥을 먹고 잠든다. 다시 시작한 공부는 의외로 너무 어려웠다. 화성학은 수학에 가까웠다. 이젠 사칙연산도 휴대폰으로 하는 마당에 수학적 사고라니. 세컨더리 도미넌트? 모… 모달 인터체인지? 생전 들어본 적 없는 용어가 교수님 입에서 신선한 물고기처럼 튀는 빛의 꼬리를 물고 쏟아진다. 강의를 듣다 멈추고 개론서를 찾아 그 희한한 용어를 찾고 머리를 싸매 공부한 뒤 다시 강의를 듣는 것이 일상이었다.

임용시험 볼 때는 인터넷 강의를 2배속으로 들었는데, 이건 정속으로 두어 번 들어도 이해가 잘 되지 않았다. 국어 쪽에서는 나름 통달한 사람이었는데, 다시 바닥에서부터 시작하는 느낌이다. 이해가 잘 안되니 바보가 된 것 같기도 했다. 이런 것도 금방 못 따라가나 싶어 가끔은 서러워서 눈물이 쭉 나왔다. 하지만 바보라도 시간을 들여 반복하면 언젠가 이해하게 되겠지. 캐롤의 학교학습모형*을 믿는다.

지원 사업도 열심히 찾아봤다. 한 문화재단에서 청년 예술가를 지원해 주는 사업이 있었다. 나는 그것에 합격해야 했다. 무슨 자신감인지 곡을 만들어 발표하겠다고 썼다. 아잇 내가 그 와중에 글 하나는 잘 쓴다니까. 얼결에 붙어버렸다. 자, 이제 배수진이다. 어떻게든 곡을 내야 한다. 작곡해 두었던 첫 곡을 친한 연주자에게 피아노로 쳐봐 달라고 부탁했다.

---

* 그는 학습의 정도를 '학습에 사용한 시간/학습에 필요한 시간'이라는 시간의 함수로 보았다.

걔가 바로 내 곡을 연주하는데, 얼굴이 따갑도록 화끈거렸다. 어지럽고 부끄럽다. 바들거리며 감상을 물어보니 "뭐, 나쁘지 않네-" 하는 대답이 돌아왔다. 그 자그마한 말에 용기를 얻어 어떻게든 곡을 만들었다. 다채로운 악기와 함께했고, 많은 분에게 큰 도움을 받았다. 그렇게 〈봄의 조각〉, 〈여름의 흔적〉, 〈겨울의 길목〉이 발매되었다.

〈봄의 조각〉은 늦봄, 연한 봄 하늘에 가득 흩날리는 벚꽃잎을 생각하며 지었다. 봄이 되면 여기저기에서 꽃축제가 열리고, 사람들은 각기 소중한 이와 하루를 즐긴다. 하지만 나는 벚꽃을 생각하면 어딘지 모르게 슬퍼진다. 한 줌 미풍에도 찬란히 스러지는 봄의 조각들. 그래서 한동안 일부러 벚꽃을 싫어하는 양 바닥만 보며 걸었다. 이 저미는 아름다움이 얼른 지나가 버리기를 바라기도 했다. 그러나 이제는 소멸하는 아름다움과 부딪는 순간을 온전히 기리려 한다. 시작 부분에서는 김영랑 시인의 〈모란이 피기까지는〉의 한 구절을 읊는다. 모란이 피기까지는 나는 아직 기다리고 있을 테요, 찬란한 슬픔의 봄을. 첼로가 들어가는 부분부터 나는 홀로 벚꽃 비 속에서 춤을 춘다. 다시 오지 않을 슬픈 아름다움을 연주한다.

〈여름의 흔적〉은 돌아보았을 때 더욱 아름답게 느껴지는 청량한 여름날을 생각하며 만들었다. 아이들에게 '여름' 하면 무엇이 떠오르는지 물어보면 다들 '수박', '수영장', '아이스크림' 등 시원하고 달콤한 기억들을 이야기한다. 하지만 실제 여름은 얼마나 정신없는가. 매미가 귀가 먹먹하도록 소리 지르고, 땀은 줄줄 난다. 특히나 나를 조지는 해가 가득하다. 그 날씨에도 한복에 속치마까지 갖춰 입고 땡볕에서 연주하려니 더 힘들다. 빨리 여름이 지나가면 좋겠다. 하지만 어느 새벽, 목이 말라 문득 일어났는데 열어둔 창틈으로 선선한 바람이 살랑 부는 어느 첫날이 있다. 나는 그제야 비로소 조금 헛헛하다. 아아, 이제 가을이 오나. 왠지 지나가는 여름이 아쉽다. 그래서 아이들이 지난여름을 말할 때 즐거운 기억들만을 떠올리나 보다. 그것들이 여름이 남기고 간 흔적이 아닐까.

〈겨울의 길목〉은 겨울의 상반된 두 이미지를 생각하며 만들었다(비발디의 〈사계〉 중 겨울에도 비슷한 내용의 소

네트가 있다). 겨울 하면 살을 에는 추위, 뼈 시리는 추위가 생각난다. 옷을 잔뜩 껴입어도 추운 몸에는 냉한 허기가 진다. 하지만 한편으로는 겨울이 주는 따뜻한 느낌도 있다. 다스한 방 창문으로 바라보는 함박눈, 뜨거운 온돌 바닥에 배 깔고 누워 언니와 만화책을 보던 기억. 가끔 일어나 앉아서 손이 노래지도록 귤도 한 상자 먹어줘야 한다. 퇴근한 아빠가 사 오신 얼굴만 한 군고구마는 또 어찌나 뜨겁게 달콤한지. 곡 초반에 부는 차가운 바람소리가 몸을 시리게 하지만 곧 가야금 줄이 퉁기며 다스하고 몽글몽글한 추억들을 떠올리게 한다. 겨울답게 곡이 좀 길다.

〈가을의 자국〉은 한동안 나오지 않았다. 팬분들이 가을은 언제 나오냐고 매번 재촉하신다. 대한민국의 가을은 느낄만하면 사라지므로 곡이 없다고 농담하곤 하는데, 실은 올해 발매할 계획이다. 당연히 그해에 곡을 써두긴 했다. 시즌에 맞추어 가을 곡을 발매할 예정이었지만 사정이 생겨 겨울을 먼저 발매했다. 이 곡은 비오는 늦가을을 생각하며 만들었다. 겨울을 재촉하는 가을비에 색색의 단풍이 맥없이 떨어진다. 비로 번들

거리는 차가운 바닥을 찬란하게 수놓는다. 이런 가을의 화려한 고독함을 표현해 보았다.

그리고 실은 올해 한 곡을 더 낼 계획이다. 〈칠석, 다음 날〉이라는 곡이다. 1년 중 칠석 하루만 만날 수 있는 견우직녀를 생각하며 만들었다. 칠석이 가까워 오면 둘은 달콤한 기대감에 달뜰 것이다. 하지만 그렇게나 눈물 흘리며 행복했던 칠석의 다음 날에는 마음에 먹먹한 막막함이 덮인다. 어제 사랑하는 이를 만난 기억이 이토록 생생한데, 앞으로 1년간은 만날 수 없다. 아마 장거리 연애를 하는 사람들의 마음이 이렇지 않을까. 얼마 전에 한 모임에서 이 곡을 먼저 들려드렸는데, 중년의 남성분께서 돌아가신 부모님이 생각났다고, 사무치게 그립다고 말씀해 주셨다. 아아, 그것도 오랜 시간을 기다려 다시 만나길 바라는 아픔이겠구나, 싶었다.

음원을 발매하니 과연 저작권료가 따박따박 들어온다. 하지만 안타깝게도 몇백 원 정도다. 언제 모아서 삼각김밥이라도 사 먹나. 음원 발매 전과 후 내가 받는 대우에 큰 차이가 있는지도 모르겠다. 하지만 언젠가는 내 곡들이 영화나 드라마 OST로 쓰일 날도 있지 않을까. 연주 가는 기차 안에서도 매번 생각한다. KTX역 정차할 때의 곡으로 〈여름의 흔적〉이 쓰이면 좋겠다. 출발할 때와 도착할 때 곡은 다 가야금 곡이다. 정차할 때는 외국곡인데, 그 대신 해금 곡이 나오는 것도 괜찮을 것 같다. 〈여름의 흔적〉은 산뜻한 리듬에 느낌도 딱 좋은데. 이렇게 기대하면서 여기저기 말하고 다니면 언젠간 진짜 되지 않을까? 언젠가는 내 작품으로 큰돈을 벌 것이다. 하지만 일단은 세상에 내가 남긴 작품이 있다는 것만으로도 행복하다.

공연장에서 가끔 듣는 말이 있다.

"전공하셨나 봐요?"

굳이 거짓말하지 않는다.

"아니요, 국문학이랑 심리학을 전공했어요."

그러면 반응이 확 갈린다. 일단 다들 놀란 표정이다. 더 멋지다고 보아주시는 분도 있고, 무언가 실망한 눈빛을 보이는 분도 있다. 내 전공은 여러 인터뷰에서도 흔쾌히 말하곤 했다. 부끄러운 일이 아니기 때문이다. 이건 내가 해금을 켜는 동안에는 계속 화두일 것 같다. 나는 전공을 안 한 해금 연주자가 아니다. 그저 다른 것을 전공한 해금 연주자일 뿐이다.

국악을 전공하신 분들과 같은 무대에 선 적이 있다.

대기실에서 준비하고 있는데, 대뜸 어느 학교를 나왔냐고 물어보셨다. 의아해하면서도 어디라고 말씀드리니 이번에는 몇 학번인지를 물으셨다. 그때만 해도 영문을 몰랐다. 말씀드리니 "어. 그럼 누구누구랑 같은 학번인데 왜 내가 모르지?" 하시기에 해금 전공은 아니고 국문학 전공이라고 말씀드렸다. 그랬더니 순간 표정이 묘하게 일그러지며 "아~ 그래요? 활동을 많이 하길래 당연히 전공인 줄 알았지. 아마추어치고는 잘하시네요~? 근데, 이렇게 활발히 활동하면 전공자들이 싫어할 수 있는데" 하며 휙 돌아서서 자기 팀으로 들어가 수군대셨다. 순간 너무 황당해서 눈물이 좀 나왔다. 곧 연주를 시작해야 하는데 심장이 두근대고 손이 떨렸다. 마치 내가 죄를 짓는 것 같았다.

지방의 한 문화재단에서 주최하는 한옥 콘서트에 갔다. 연주도 잘했고 관객들의 반응도, 공연 분위기도 좋았다. 마치고 정리하고 있는데 담당자님이 다가오셨다. 머뭇거리며 쉽게 말씀을 못 하시길래 무슨 일이시냐 여쭈니, 난처한 표정으로 말씀하셨다.

"저기… 관객분 중에 연주가 좋다고 선생님을 인터

넷으로 찾아봤나 봐요. 그런데 전공자가 아닌데 왜 여기에서 연주하고 있느냐고, 이게 맞는 정보인지 물어봐 달라고 하셨어요."

순간 말문이 탁 막혔다. 그래서 '나는 국문학을 전공했지만, 해금을 연주한 지 꽤 오래되었다. 그리고 이 사업은 공모를 통해서 선정된 것이고, 오늘 연주도 잘 마치지 않았느냐'고 말씀드렸다. 하지만 무언가 구구절절해지는 것 같은 기분을 피할 수 없었다. 내 말을 듣고 난 담당자님은 말씀하셨다.

"네. 무슨 말씀인지는 알겠는데요, 그냥 그 관객분께는 그게 잘못된 정보라고, 은한 님은 전공자라고 얘기하겠습니다."

복잡했던 마음이 문득 허망해졌다. 우연인지 모르겠지만 그때 이후로 그 문화재단 공연은 다시 선정되지 못했다.

다른 분야의 예술가도 비슷할까. 사회학을 전공한 기타리스트, 물리학을 전공한 싱어송라이터는 왠지 더 멋있게 느껴진다. 철학 있어 보인다. 한편 국문학을 전공하지 않은 작가들은 얼마나 많은가. 오히려 수학을 전공한 소설가, 요리 전공의 수필가 등은 자신의 분야를 녹여내어 더 큰 성과를 거두기도 한다. 그럼 국문학을 전공한 해금 연주자라고 다를까.

그러나 해금 연주자는 오늘도 편견에 시달린다. 해금이 다른 악기보다 배우기 어렵기 때문은 절대 아닐 것이다. 내 생각에는 해금이 아직 사람들에게 익숙하지 않아서 그런 듯하다. 무엇보다 나는 정확히 말하자면 국악계가 아닌 버스킹계에 몸담고 있다. <국악한마당>을 노린다든가 하는 생각은 하지도 않는다. 오히려 국악계에 계신 선생님들이 버스킹 쪽으로 많이 내려와서 활동하고 계시지만 나는 욕하지 않는다.

그러나 위와 같은 일이 하도 많고, 국악 전공이 아니라는 이유로 몇 악플러의 악의적인 글들에 시달리고 나니 억울해서라도 국악을 전공해야겠다는 생각이 들었다. 열심히 준비해 서울에 있는 한 국악대학원에 합격 통보를 받았다. 교수님들도 정말 좋은 분들이시고, 학교도 참 좋았다. 이제 입학만을 앞두었다. 설레고 떨렸다. 그러나 내가 국악을 전공하면 정말 국악계로 들어가게 되는 것인데, 상황이 지금과 많이 달라질 것이 두려웠다. 가르치신 교수님 얼굴에 먹칠을 하면 안 되니 지금처럼 자유로이 거리 공연을 하지는 못할 것이다.

한편 내가 거리 공연계에서 그대로 활동한다면 국악을 전공했다고 지금과 달라질 것이 과연 있을까 싶은 고민도 들었다. 부모님도 힘들게 국어 쪽으로 석사학위까지 받아놓고 무슨 석사 공부를 또 하려고 하느냐고 반대하셨다. 이처럼 국악을 전공하여 국악계로 들어가는 것은 생각보다 복잡한 문제였다. 어쩌면 내 남은 삶을 결정할 수도 있는 결정이었다. 많은 분께 조언을 구하며 며칠 머리 싸매고 고민했다. 수많은 고민과 불면의 밤을 지낸 후, 결국 교수님을 찾아가 죄송하다는 말씀을 드리고 입학을 포기했다. 합격이 눈물 나게 아쉽고, 한여름 밤의 꿈같이 헛헛했지만 후회하지 않으려 한다.

하지만 비전공 해금 연주자의 장점도 있다. 먼저, 연주할 때 내 선생님의 고견을 여쭙지 않아도 된다. 그래서 현대를 살아가는 모두가 좋아하는 곡들을 마음껏 연주한다. 특히 어르신들을 대상으로 하는 공연에 가면 걸어 다니고 춤을 춰가면서 트로트 등을 신나게 연주하는데, 이 장르는 전공자들이 거의 연주하지 않으신다. 그래서인지 해금으로 이런 곡까지 가능한지 몰랐다며, 정말 흥겨운 공연이었다는 관객분들이 많으시다. 정적인 해금을 동적으로 재해석한 것이 놀랍다는 분도 계셨다. 또한 학력에 교만하지 않게 된다는 점도 장점이다. 석사학위까지 받았지만 국악 쪽에서는 국악중, 국악고 등을 졸업하지 않았으니 스스로를 초졸이라고 생각한다. 내가 초졸이니 다른 이를 학력이나 전공으로 판단하지 않는다.

저번에 중소기업협의회 송년회에서 공연이 있었다. 까만 정장을 입은 대표님들 사이를 누비며 신나게 연주했다. 행사가 진행되는 내내 다들 근엄하셨지만 공연 시간에는 활짝 웃으시며 박수 쳐주셨다. 어떤 대표님은 일어나 흥겹게 춤도 추셨다. 전체 식순을 마치고 함께 저녁을 먹었다. 나는 한 직원분과 마주 보고 앉았다. 간단히 대화하며 조금은 어색하게 저녁을 먹고 있는데, 문득 전공하시고 이렇게 연주 다니는 것이 힘들지 않냐고 하셨다. 나는 다른 전공을 했고, 전업 연주자지만 전혀 힘들지 않고 즐겁다고 했다. 그랬더니 약간 비꼬는 얼굴로 "근데 전공도 안 하셨으면 전공자들이 이렇게 다니시는 거 싫어할 거라는 생각은 안 하세요?"라고 했다. 나는 좀 놀랐지만 곧 미소를 머금으며 말했다.

"남들 눈치 보느라 아무것도 못 한다면 제 행복은 찾을 수 없겠지요."

예전 같았으면 이런 말들에 상처받았을 텐데 이제는 아무렇지도 않다. 그만큼 나는 더 단단해지고 넓어졌다.

3 ▪ 거리 공연, 어떻게 하는 건데요?

길거리 아니고 거리 공연

    예전에 그림책 만들기 워크숍에 간 적이 있다. 참가자들이 자꾸 '동화책'이라고 하자 진행자가 정색하면서 동화책과 그림책은 전혀 다른 것이라고 얘기하셨다. 모르는 사람에게는 별것 아닐 수 있지만, 당사자에게는 굉장히 중요한 것이구나 싶었다.

    거리 공연도 마찬가지다. 거리 공연자들은 '길거리 공연'이라는 말을 대부분 좋아하지 않는다. '길거리'라고 하면 왠지 길바닥에 나앉아서 공연하는 느낌이 든다. 안 그래도 거리에서 공연하면 처량할 때가 많은데, 우리를 지칭하는 용어가 이런 느낌이면 더 슬프다. 음운론적으로도 수의적 경음화가 적용되어 [길꺼리]로 발음되니 괜히 비속한 느낌이 들기도 한다. 흔히 쓰이는 '버스킹'이라는 외국 용어도 있다. 그것도 좋다. 하지만 나는 웬만하면 우리말을 사용하려고 한다. 용어야 어떻든 나는 주로 거리에서 공연하는 해금 연주자다.

새내기 거리 공연가 시절, 동대문역사문화공원역에서 연주한 적이 있다. 코로나 전에는 이수역, 사당역, 노원역, 선릉역 등 지하철 안에서의 거리 공연도 활발했다(지금도 지나가다 보면 공연무대가 남아있다). 여기는 공연비가 없지만, 실내이므로 날씨와 상관없이 공연할 수 있고 장비도 지원되기 때문에 가끔 공연하곤 했다. 거리 공연이기 때문에, 사람들은 한두 곡 듣고 갈 길을 간다. 나도 그것에 크게 연연하지 않는다. 그런데 한 아주머니께서 서서 오래 들어주셨다. 정말 감사했다. 연주를 마치고, 앰프를 정리하는 내게 차를 사주시겠다고 하셨다. 다음 일정이 없었기에 감사한 마음으로 받아들였다.

다스한 차를 마주하고 앉았는데, 그분이 말씀하셨다. "학생이죠?" 어머, 동안으로 보아주셔서 감사하다고 말씀드리려는 순간 "학생이니까 담력 연습하려고 나왔지. 안 그러면 이렇게 길거리에서 혼자 연주를 하나?" 하셨다. 일단 학생은 아니고 전업 거리 공연자라고 말씀드리니 바로 측은해하는 눈빛으로 바뀌었다 (어… 이 눈빛 어디에서 본 적 있다. 대학 어디 갔냐고 물으시는 동네 어른께 재수한다고 말한 순간 보았던 눈빛이다). 뒤이어 아유 돈도 안 되는데 어떻게 이걸 해. 오늘 돈통에 돈 얼마나 들어왔어요? 그거 갖고 벌이가 되나. 결혼했어요? 안 했다고? 그럼 부모님이랑 같이 사나? 어유 그나마 다행이네. 혼자 살면 생활비도 안 될 거잖아. 근데 부모님이 어렵게 키워놨는데 이러고 있으니 안타까우시겠다. 아유 내가 지금 현금이 없는데 용돈이라도 좀 줘야겠네. 뭐라도 더 시켜줄까요? 저녁은 먹었어요?

우르르 들어온 개인적인 질문과 다정한 편견에 당황했다. 이렇게나 확신을 갖고 나를 동정하시니 그 기대에 부응해야 하나 싶기도 하고, 어디서부터 말씀을 드려야 하나 난감하기도 했다. 결국 엉거주춤하게 네네하고 말았다. 그 다정한 분은 베이글이었나 저녁 될만한 것을 사주시고, 지갑을 열어 만 원을 쥐여주신 후 길이 바쁘다며 먼저 가셨다. 나는 베이글과 만 원과 함께 덩그러니 놓였다. 어지러웠다. 정말 나는 불쌍한 사람인가, 내가 연주하고 있으면 사람들이 나를 가엽게 보는 걸까. 나는 거리에서 구걸하는 것인가. 아니 일단 저녁도 해결하고 만 원 더 벌었으니 경사인가. 괜히 눈물이 나려고 했다. 그렇지만 지금 울어버리면 정말 질 것 같았다. 누구에게 지는 건지 모르겠지만 그런 생각이 들었다. 그때의 나는 그랬다.

몇 년이 지나고, 매번 가는 동네 공연에 갔다. 일찍 가서 리허설을 마치고 공연을 기다리고 있는데, 한 어머님이 나를 자주 보셨다며 반갑게 인사하신다. 뒤이어 조금 머뭇거리다가 물어보셨다.

"저기… 근데 이렇게 연주해서 먹고살 수는 있는 거예요? 애들 가르치거나 뭐 그런 다른 직업이 있는 거죠?"

후후. 이제는 새내기 시절과 달리 제법 여유 있게 대처할 수 있다. 이분은 나에게 악의가 있는 게 아니다. 그냥 다른 세계가 궁금하신 거다. 조심스럽게 묻는 태도에서 나를 진심으로 걱정하는 마음이 묻어난다. 나는 웃으며 대답한다. 큰돈은 못 벌어도 행복하게 살 정도는 벌고 있어요, 라고. 그랬더니 아아니 글쎄 친구네 집 딸이 대금인가를 전공했는데 결혼하고는 아깝게 전공을 못 살리고 있노라고, 친구가 돈을 많이 들여서 가르쳤는데 너무 아까워한다고 수다가 폭포수처럼 쏟아진다. 허허. 실은 전공 못 살린 사람 여기도 하나 있어요. 어머님은 드디어 최종적인 질문을 하신다.

"이거 돈도 안 되는데 왜 하는 거예요? 집이랑 가까우니까 연습 삼아 하는 거예요?"

음… 그건 고민이 좀 필요하다. 나는 왜 거리 공연을 하는 걸까. 기대 없이 거리를 걷다 우연히 얻은 행복은 더 크게 느껴진다. 나는 사람들이 나로 인해 기분이 좋아지고, 환하게 웃는 것을 정말 좋아한다. 그래서 거리에서 공연하는 걸 좋아하는 듯하다. 그런데 심지어 약간의 돈도 벌 수 있다니, 이건 최고의 직업이다.

가끔 정식 실내 공연장에서 연주할 때도 있는데, 그때는 무대 조명이 나를 환하게 비추고 있기 때문에 관객석이 전혀 보이지 않는다. 두툼한 붉은색 접이식 의자에 앉은 관객들이 졸고 있는지 웃는지 눈물을 흘리시는지 모른다. 하지만 거리 공연은 관객들의 반응을 투명하게 바로 볼 수 있다. 조금이라도 지루해지면 가차 없이 떠나버리시지만, 누군가의 글썽이는 눈이나 환한 웃음, 따라 부르시는 목소리를 바로 앞에서 느낄수 있다. 공연이 끝난 후 생생한 후기나 조언도 들을 수 있다. 추천곡도 바로 들려드릴 수 있다. 거리 공연자는 아마 가장 날것의 직업이 아닐까.

9월의 어느 나른한 평일 점심, 광화문광장에서 공연을 준비한다. 하늘은 파아랗고, 새하얀 뭉게구름이 몽글몽글 피어있다. 해는 아직 따갑다. 나무가 우거진 그늘에 자리를 잡는다. 초록 이파리들이 옹기종기 신나게 마시고 남은 햇살 조각이 이마에 청명하게 내린다. 가을이다.

광화문광장에는 요즘 은빛 탁자와 의자가 많이 놓여있다. 공연을 준비하자 관객분들이 어디에선가 나타나 의자에 앉으신다. 각자의 얼굴과 이름이 담긴 목걸이를 하고 커피를 든 직장인들도 있고, 나들이 나온 아주머니들, 자주 여기에 오시는 듯 익숙한 어르신들도 있다. 나른한 오후에 한복 입은 사람이 뿅 나타나 종종거리며 공연을 준비하니 신기한 듯이 바라보신다. 이것도 공연의 일부 같다. 더 신나게 준비한다.

소리를 크지 않게 맞춘다. 첫 곡은 이문세 님의 〈가을이 오면〉. 따라 부르시는 분도, 박자에 몸을 흔드시는 분도 있다. 동행과 작게 담소를 나누시는 분들도 있다. 유모차에 앉은 아가가 별안간 까르르 웃자, 모두가 웃는다. 나도 가득 미소 지으며 연주한다. 선선한 가을 바람이 불고, 머리 위 나뭇잎은 노래한다. 수종(樹種)에 따라 조금씩 다른 소리를 낸다. 저 멀리 차들의 엔진 소리도 들린다. 아직 몇 마리 남은 가을 매미가 운다. 모두가 협연이다. 즉석에서 모인 오케스트라다. 연주가 끝나자 관객들이 박수 친다. 박수 소리가 밤하늘 별처럼 반짝인다. 나를 바라보는 눈빛들이 다정하다.

나는 이런 거리 공연을 좋아한다. 모두가 내게 아주 집중하지 않아도, 마치 엽서로 만들 수 있을 것 같은 소박한 풍경. 야외의 모든 소리가 나와 함께 연주하는 공연. 서로의 눈을 바라볼 수 있는 순간. 정식 공연장에서는 절대 만들 수 없는 공연이다.

우리는 일상에서 가끔 거리 공연자를 만난다. 보통은 지하철이나 공원, 축제같이 사람이 모이는 곳이다. 그러나 어떤 때는 생뚱맞게 느껴지는 곳에서 거리 공연자를 보기도 한다. 아무래도 사람이 많이 다니는 곳이어야 돈을 얻든 호응을 얻든 무언가 이득이 있을 것 같은데 말이다. 앰프까지 가지고 나온 것을 보니 단순한 연습인 것 같지는 않다. 하지만 그걸 보는 다른 거리 공연자는 눈물을 빛내며 고개를 끄덕인다. 모두 나름의 사정이 있기 때문이다.

일단 거리 공연은 공연비를 받지 않는 공연과 받는 공연으로 나뉜다. 전자는 개인적인 것과 지자체·협동조합 등에서 진행하는 것으로 또 나눌 수 있다. 나는 등

록하지 않고 하는 개인적인 공연은 초반 말고는 거의 해본 적이 없어 잘 모른다. 듣기로 앰프 없이 하는 거리 공연은 불법이 아니라고 한다. 하지만 소음 등으로 민원이 들어올 경우 경찰이 올 수 있다. 반면 지자체 등의 무료 거리 공연의 경우 미리 신청하고 진행하니 그럴 일은 적다. 대부분 팁박스를 놓고 진행할 수 있다('팁박스'가 외국어이긴 하지만 우리말인 '돈통'보다는 부드러운 표현이라 생각하여 이 용어를 사용하기로 한다).

지자체나 협동조합 주관 무료 공연은 각 구청 문화예술과 등에 문의해 보는 것이 가장 빠르다. 신청 시스템이 있기도 하다. 무료 공연이지만 오디션을 보는 곳도 있다. 고양시에서 공연하는 '고양버스커즈'나 청계천에서 공연할 수 있는 '서울거리아티스트' 등이 그렇다. 합격하면 공인된 이름표를 받아 앞에 게시하고 진행한다. 공연비는 없지만 공연 장소와 시간이 보장되어 마음이 편하다. 열심히 활동하면 가끔 공연비 있는 공연에 섭외될 수도 있다. 대략 한 달 전쯤 신청하여 승인받는 방식으로 진행된다.

공연비를 받는 공연은 훨씬 까다롭다. 보통 매년 오

디션을 본다. 아무래도 돈을 받을 수 있으니 경쟁률도 어마어마하다. 합격하면 공연비를 받으면서도 담당자님들이 도와주시는 거리 공연을 할 수 있다. 활동 기간은 보통 1년이다. 하지만 혹서기와 혹한기를 제외하니 대략 봄가을 계약직이라 생각해야 한다. 여기서도 보통 한 달 전쯤 공연을 신청한다. 그런데 가끔 전통시장 상인회 등 특수한 데에서 공연자를 보내달라고 요청하신 곳이 있다. 따라서 아까 말한 '엥? 왜 저기에서 공연하지'의 경우가 생길 수 있다.

　나도 어느 평일 낮, 한가로운 축산단지 좁은 주차장 앞에서 훅 끼치는 여름 피비린내를 맡으며 공연한 적이 있다. 나와 담당자님 외에 사람이 하나도 없었다. 차가 들어오면 연주하다가도 비켜주어야 했다. 사람보다 비둘기가 더 많은 곳도 있었다(나는 비둘기 복지를 위하여 일하는가). 이럴 때는 속상해하면 내 손해기 때문에 최대한 좋게 생각하려고 한다.

　한편 양로원이나 장애인복지시설 등에 파견되어 공연하기도 한다. 내가 참 좋아하는 공연이다. 관객분들의 사랑을 담뿍 받고 온다. 자주 연주하고 싶지만 신청이 아니고 대부분 섭외 형식으로 진행되기 때문에 내 의지로 많이 할 수 있는 것은 아니다. 전국 축제나 행사 등에서 공연할 수도 있다. 이건 매번 공모를 찾아내어 서류를 써서 합격해야 한다. 인지도를 쌓으면 그쪽에서 먼저 섭외 전화가 오기도 한다.

공연비는 사전에 공지되기도 하고 협상해야 할 수도 있다. 인지도와 팀원 수, 거리 등에 따라 금액이 매우 다르다. 다만 팀원이 많다고 인원에 따라 공연비가 배가 되는 경우는 드물다. 팀원이 늘어나면 큰 연습실도 필요하고, 가끔 회식도 해야 해서 오히려 돈이 더 드는데 공연비는 보통 '양배추 한 개 3,000원 두 개 5,000원' 식이다. 팀원이 몇 명이든 팀 단위로 금액이 정해져 있기도 하다.

공연비를 협상할 때는 고민을 많이 해야 한다. 많이 불렀다가 예산이 안 맞으니 어렵겠다는 말로 그 공연을 못 하게 될 수도 있고, 적게 부르곤 후회할 수도 있다. 크고 화려한 공연장과 공연비는 반드시 비례하지 않는다. 홍보가 잘된 큰 축제라도 말도 안 되는 공연비가 책정되어 있을 수 있고(혹은 공연비가 아예 없을 때도 있다!) 동네에서 하는 작은 거리 공연이라도 공연비가 많을 수 있다. 어떤 공연장을 선택하는지는 공연자의 몫이다. 하지만 개인적으로 규모에 비해 공연비가 너무 적은 공연에는 가지 않는 것이 좋다고 생각한다. 주최 측에서 그 공연비가 당연하다고 여겨 버리면 직업적인 거리 공연자는 설 자리가 사라져 버리기 때문이다.

'거리' 공연이지만 꼭 야외에서만 진행하는 것은 아니다. 고양버스커즈의 '레이킨스몰'이나 용인 아임버스커의 '용인어린이상상의숲 공연놀이터', 서울시청의 '시민청 활력콘서트' 등은 실내다. 레이킨스몰은 무료 공연이고 뒤의 두 곳은 유료 공연이다. 실내 공연은 날씨가 궂어도 공연할 수 있다는 어마어마한 장점이 있다. 여름이나 겨울 등 야외에서 공연하기 힘든 시기에는 신청이 더욱 몰린다. 하지만 역시나 그런 공간은 상대적으로 적다. 아무래도 소음 관련 문제 때문에 장소 협의가 어려워서가 아닐까 생각한다.

이번에는 거리 공연자를 분류해 보자. 거리 공연자는 다 같다고 생각할 수 있다. 모두가 대체로 거리에서 공연하니 일견 맞는 말이다. 하지만 거리 공연자도 분류할 수 있다. 공연자 수나 장르 등 다양한 기준으로 분류할 수 있겠다. 여기에서는 일반인들은 잘 모르는, 이해관계에 따른 분류를 해볼까 한다. 물론 이 분류는 칼로 자르듯 구별되는 것이 아니며, 예외도 많다. 임의로 나눈 것이라 생각해 주시면 좋을 듯하다.

첫째, 생계와 관계없이 거리 공연을 하시는 분들이다. 이분들은 공연비보다는 경험과 추억을 중시하는 것 같다. 혼자 하시기도 하지만 팀을 이루어 공연하는 분들이 많다. 현직에 계셔서 겸직 금지로 인해 공연비를 받으면 안 된다는 분도 보았다. 비슷해 보이지만 다른, 은퇴 후 '제2의 인생'을 사시는 분들도 계시다. 일단 이분들은 장비가 크고 좋다. 트럭으로 냉장고만 한 음향들을 싣고 오시는 팀도 본 적이 있다. 중절모에 선글라스를 쓰시고 기타로 7080을 연주하며 노래 부르시거나 색소폰을 연주하시는 분들을 가장 많이 뵌 것 같다. 다들 실력이 엄청나시다. 아무래도 풍류를 즐기는 분들이니 멋쟁이들이 많다.

둘째, (불행히도 내가 속한) 직업적인 거리 공연자다. 거의 이것만으로 생계를 꾸려가야 하는 만큼 공연비나 공연의 지속성 등이 공연하는 중요한 기준이 될 수 있다. 아무래도 이게 직업이다 보니 가장 스트레스를 많이 받는 집단인 것 같다. 일반인들이 가장 이해하지 못하는 부류다. 이걸로도 돈을 벌고 산다고? 하지만 베짱이도 개미처럼 열심히 일한다. 어떻게든 이번 겨울에도 끈질기게 살아남는다. 문화예술 관련 정책변화나 이슈, 예산에 매우 민감하다. 즐겁게 공연하다가도 모이기만 하면 한탄한다. 하지만 코로나 등의 엄청난 변화가 아닌 이상에는 직업을 바꾸려 하지 않는 이상한 집단이기도 하다.

이 기준이 필요한 이유는 거리 공연자들이 한목소리를 내기 쉽지 않은 이유를 설명하기 때문이다. 공연은 같으나 목적이 다르다. 누군가는 꼭 공연비를 받아야 이번 달 관리비를 내는데, 누군가는 경험을 쌓기 위해 돈을 주고서라도 공연한다. 혹은 슬프지만 공연비가 적거나 없어도 다음 기회를 얻기 위해 공연할 수도 있다. 따라서 부당한 일, 예를 들면 한 행사에서 말도 안되게 적은 공연비를 제시하면 모두가 안 가고 항의하는 등의 단체행동이 어렵다. 누군가 갈 것이 뻔한데 혼자만 손해를 감수하여 안 가기는 쉽지 않다. 적은 공연비를 감수하며 가는 공연 팀이라 해서 결코 실력이 떨어지지 않는다. 호응도 좋을 수 있다. 그러면 주최 측에서는 '이 정도로 공연비를 책정해도 다 와서 좋은 공연을 하는구나'라고 생각하게 되고, 결국 공연비는 점점 낮아진다. 두 번째 부류에서 오래 지내온 나로서는 참 슬픈 일이다.

공연 날인데 비 예보가 있다. 애매하게시리 강수확률이 60%다. 하필 팬들이 많이 오시기로 한 날이다. 전날까지도 가겠다는 메시지가 왔다. 드디어 당일. 이날 공연은 11시 30분에 시작한다. 7시 반부터 눈이 땅 뜨인다. 창문을 보니 흐리긴 하지만 다행히 비가 오지는 않는다. 그러나 긴장을 놓을 수 없다. 이 공연은 취소되면 세 시간 반 전인 8시 즈음에 공지가 올라온다. 아침 30분을 통째로 서성거린다. 각종 포털 사이트 날씨칸과 기상청 사이트를 들락거린다. 해금줄을 늘렸다가 냉장고도 열어보고 스트레칭도 하지만 온 신경은 휴대폰에 가있다. 마음의 준비를 해둔다.

　8시. 공지가 올라오지 않는다. 그렇다면 공연은 예정

대로 진행되는 것이다. 다행이다. 그래도 혹시 모르니 조금 더 기다려 본다.

8시 30분. 스태프에게서 문자가 왔다. 안녕하세요, 은한님. 거리 공연 진행스태프입니다. 오늘 시청 광장에서 공연 있으십니다. 정확한 장소 안내 등 문의사항 있으실 경우 이 번호로 연락주세요. 아싸! 다행이다. 팬들께 오늘 공연 무사히 진행한다고 연락을 돌려야겠다.

그러나 8시 45분. 홈페이지에 공지가 올라왔다. 금일 모든 공연은 우천으로 취소되었습니다. 아니 이게 갑자기 무슨 소리야. 스태프에게 물어보려는 순간 문자가 왔다. 은한님, 취소됐다네요. 다음에 뵈어요.ㅜㅜ

황망한 눈을 들어 창을 바라보니 날씨는 여전히 흐리기만 하고, 내 마음에만 장대비가 내린다. 축축해진 얼굴로 연락을 돌린다. 오늘 공연이 우천으로 취소래요. 다음에 만나요. 죄송합니다. 마음을 놓았던 것만큼 무기력해진다. 그나마 위안이 될 것이 있다면 공연장이 멀지 않아 아직 머리를 감지 않았다는 것 정도일까. 거실 바닥에 늘어져 멍하니 몇 시간을 흘린다.

이 공연은 계약서에서부터 미리 명시해 놓는다. 공

연 전에 우천 등으로 취소하면 공연비는 없다고. 그러나 공연 신청은 한 달 전이다. 공연자는 일정을 빼놓았는데 예측할 수 없는 일로 갑자기 그날의 공연과 공연비가 통째로 사라지는 것이다. 차라리 공연 시간에 비가 오면 덜 억울하다. 그러나 이날은 결국 흐린 아침을 지나 낮부터 종일 맑았다. 기상청의 예보가 또 틀린 것이다.

어떻게든 기운을 내어 집 밖에 나간다. 얄밉게 싱그러운 햇살 속 양산을 쓰고 걸으면서 생각한다. 내가 무엇을 잘못했을까. 하루 전에 기상청에서도 맞히지 못하는 날씨를 한 달 전에 예상하지 못한 것? 그건 말이 안 된다. 그럼 공연 대행사의 잘못인가? 이분들도 여러모로 곤란할 것이다. 비 예보가 있는데 공연하라고 하는 것도 이상하니까. 어떤 팀은 비 예보가 있는 날 왜 공연을 시키냐고 따질 수도 있겠다. 그러면 기상청의 잘못인가? 우리나라는 날씨를 맞히기 정말 힘들다고 한다. 우스갯소리로 기상청 체육대회 날에 비가 온다고 할 정도니까.

뉴스에서는 장마가 본격적으로 시작되었다고 여러

피해를 보도한다. 그러나 거리 공연자의 피해는 다루지 않는다. 공연 따위보다 더욱 중요한 일들이 많으니까. 그럼 다시 화살은 내게로 온다. 내가 이렇게 날씨를 예측하기 힘든 나라에 태어난 것이 잘못일까. 날씨와 상관없이 진행할 수 있는 공연장에서 연주하지 못하고 거리에서 공연해야 하는 미미한 인지도? 결국 나는 햇살에 말라가는 건포도같이 쪼그라든다. 카페모카나 마시며 기분을 전환해 볼까 싶다가도, 오늘 소득도 없는 주제에 돈을 쓸 생각이나 하나 싶어 그만둔다.

거리 공연자는 거리가 무대이므로 이런 일들이 심심찮게 일어난다. 비가 와도, 더워도, 바람이 많이 불어도, 예상한 날에 꽃이 피지 않아도, 돼지열병이 있어도, 조류독감이 생겨도, 국가적인 큰일이 생겨도, 추워도, 바닥 공사로, 장소의 알 수 없는 사정으로 공연은 취소된다. 거리 공연자는 공연 직전까지 불안해하다 결국 취소되면 허탈함에 시달린다.

인간은 문제가 생기면 귀인(歸因)을 한다. 이건 누가 봐도 외적 귀인을 해야 할 일이다. 하지만 골몰히 생각하다 보면 결국 다 내 탓인 것 같아 울적해진다. 팬들에게 취소 공지를 쓰기도 힘겹다. 손가락 하나 까딱하기도 무겁다. 취미라면 그저 아쉬워만 할 수도 있겠지만, 나는 이게 생업이다. 내가 예상한 소득에 문제가 생긴다. 이런 슬픈 날이 계속되는 때도 있다. 만일 장마가 지속되거나 국가적으로 안 좋은 일이 생기면 아무리 좋은 기회의 공연이 있었어도 모조리 취소된다. 내 일인데, 나는 아무것도 할 수 없다.

물론 사유가 없어도 취소되는 일들이 가끔 있다. 이건 보통 섭외받는 공연에서 일어난다. 갑자기 윗선의 조카였나, 아는 사람으로 바꾸라고 했다는 경우도 가끔 봤다. 기획한 콘셉트와 맞지 않아서 어렵겠다고 하는 경우도 있다. 그러면 처음부터 나에게 섭외 전화를 안 하면 되는 것이 아닌가. 행사가 예산 부족으로 축소되어 공연하지 못하게 되었다는 경우는 꽤나 빈번하다. 뭔가 얻었다 뺏기는 느낌이 들어 더 서글프다.

그래도 공연을 약속했던 것이라면 반 정도쯤 예약금을 받았거나 취소될 때 위약금을 받지 않느냐고 묻는 분들이 계실 수 있다. 나는 수천 회 거리 공연을 하면서 예약금을 받아본 기억은 손가락에 꼽는다. 위약금을 받은 기억은 거의 없는 것 같다. 물론 상대의 입장도 이해는 간다. 아무래도 공연 결과가 사진으로 남아야 보고서를 쓰기 편할 것이다. 하지만 각종 사정 때문에 공연을 진행하지 못하는 사유도 모두가 알고 있을 터인데 그렇게 보고서를 써서 올리면 되지 않을까. 나는 절대 취소하면 안 되지만 상대는 각종 사유를 들어 얼마든지 취소할 수 있다. 그렇다고 억울하고 화병이 나면 결국 내 손해다. 현실적으로 변하는 것이 없기 때문이다.

지금까지는 공연이 사라지는 것에 대해 다루었지만, 반대의 경우도 있다. 하루에 공연 섭외가 몰리는 경우다. 희한하게 그런 '핫한 날'이 있다. 다른 날은 판판 노는데 그날만 섭외가 몇 개나 들어온다. 특히 공연이 거의 없는 겨울에 일정이 겹쳐 섭외를 거절할 때면 가슴속 창호지를 뚫고 찬 바람이 숭숭 들어온다. 만일 두 번째 공연의 공연비가 훨씬 많으면 바람 사이로 눈도 들이친다.

동료 공연자는 그게 몇 배나 차이 난 적도 있다고 한다. 기존 공연은 공연비가 매우 적었지만 노느니 조금이라도 벌자는 생각으로 신청했다고 한다. 그런데 바로 그날, 공연비가 어마어마한 섭외가 들어왔다. 공연자들은 보통 선약을 우선한다. 그분도 쓴 울음을 삼키며 비싼 섭외를 거절했다고 한다.

공연 시간이 겹치지 않더라도 이동시간이 안 맞으면 섭외를 고사해야 한다. 선약이 지방 공연이라 아슬아슬하면 어쩔 수 없다. 담당자님과 통화하면서 이동시간을 계산하는 것은 필수다. 출퇴근 시간이나 주말 정체도 잊지 않고 고려해야 한다. 잘못하면 화장실도 급한데 길이 잘근잘근 막혀서 담당자님께 눈물의 사죄를 해야 할 수도 있다.

공연 취소와 공연이 겹치는 경우가 섞이면 머리가 그렇게 아플 수가 없다. 공연의 계절인 가을, 10월의 토요일에 집에서 먼 곳인 '딸기시'에서 섭외가 들어왔다. 그런데 그 시간은 '포도시'가 미리 말해두었던 날이다. 하지만 확정은 아니라고 했었다. '포도시'에 전화해서 혹시 확정되었는지, 다른 곳에서 섭외가 와서 여쭌다고 조심스럽게 문의한다. 담당자님은 아직 확정이 아니라며 그러면 확정인 '딸기시' 공연을 하시라고 배려해 주신다.

그 후 공연비가 더 많고 집과 가까운 '사과시'와 '앵두시'에서도 섭외가 왔지만 이미 '딸기시' 공연이 있으므로 아쉽지만 거절한다. 그런데 공연 일주일 전, '딸기시'가 갑자기 공연을 취소해 버린다. 내부 사정으로 없어졌다고 한다. 공연이 내일모렌데 '포도시'나 '사과시', '앵두시'에 전화해서 혹시 자리가 남았냐고 물어보기는 너무 미안하다. 결국 나는 그 황금시간대를 멍하니 집에서 보내게 된다. 심지어 '사과시'와 '앵두시'는 가까운 지역이라 먼 지역인 '딸기시' 공연이 없었으면 둘 다 공연할 수 있었다. 이쯤 되면 눈물이 줄줄 난다. SNS에 내가 포기한 곳에서 공연한 다른 공연 팀들의 신나는 피드가 우르르 올라온다. 화가 났다가 웃겼다가 허망하다가 하루에도 오만 가지 감정이 왔다 갔다 한다.

하지만 아주 가끔, 몇 년에 한 번쯤 테트리스하듯 공연과 시간이 딱 맞아떨어질 때도 있다. 그날은 '레몬시'의 '오렌지동'과 '자몽동'에서 공연이 있었다. 두 공연 사이에는 세 시간 정도가 비어있다. 그런데 세상에나! 전날에 갑자기 누가 펑크를 냈다며, 정말 죄송한데 '레몬시 키위동'에서 공연할 수 있겠냐며 급한 전화가 온다. 심지어 비어있는 그 시간이다. 냅다 오케이를 외친다. 이런 날은 몸은 피곤하지만 기분이 쪽 째진다.

이렇게 갑자기 공연이 취소되든 생기든, 내가 개입할 수 없다. 전화는 불현듯 온다. 시간은 비분절적으로 흐르지만 공연 관련 전화는 대단히 분절적인 사건이다. 거리 공연자는 어쩌면 우연에 가장 취약한 직업이다. 내가 노력해서 바꿀 수 있는 일이 아니다 보니 쉽게 우울해진다. 통제 불가능한 상황이 지속되면 결국 학습된 무기력이 생긴다.

예전에는 이런 상황이 힘들어서 카페모카도 마구 먹고 분노의 일기도 쓰고 그랬다. 하지만 이제는 연차가 쌓이고 보니 조금은 내려놓는 법을 익히게 되었다. 처음부터 공연은 내 것이 아니다. 만일 예정대로 공연을 하게 되면 그건 당연한 것이 아니라 감사한 것이다. 그렇게 생각하고 보니, 모든 공연이, 공연에서 만나는 모든 인연이 달리 보인다. 우연히 마주치는 아름다움을 더 크게 느끼게 되었다. 역시 거리 공연자 10여 년이면 도를 닦게 된다.

다른 직업과 달리 거리 공연자는 성수기와 비수기가 뚜렷하다. 봄이나 가을에는 축제도 많고 거리 공연이 활발하지만, 여름이나 겨울에는 공연이 현저히 줄어든다. 여름은 그나마 낫지만 겨울에는 공연이 하나도 없는 달도 있다. 거리를 아름답게 물들이는 문화베짱이들은 봄가을에 개미같이 열심히 일하다가 겨울에는 다들 굶어 죽은 것 같지만, 봄이 오면 죽지도 않고 또 온다. 여름과 겨울, 비수기의 거리 공연자들은 무엇을 하고 있을까.

찬란한 꽃축제들로 신나는 봄을 지나면 곧 타들어가는 여름이 온다. 여름에는 역시 우천, 더위 등에 의해 공연이 취소될 가능성이 높다. 아예 '혹서기 공연 미운

영'도 자주 보게 된다. 여름은 여행 성수기이지만 거리 공연은 비성수기다. 아무래도 작열하는 태양 아래에서는 사람들도 거리에 잘 나오지 않기 때문이다. 나도 한동안은 여름에 일이 없어 내내 놀았다.

하지만 거리 공연을 오래 하다 보니 약간의 요령이 생겼다. 혹시 지방 공연이 생겼는데 일자를 내가 정할 수 있다면 최대한 여름으로 부탁드린다. 일이 없을 때 이동시간이 오래 걸리는 공연을 하면 좋다. 예를 들어 여수 낭만버스킹은 5월부터 10월까지 운영하는데, 나는 매번 8월 즈음으로 신청한다. 한여름에 남쪽 지방이라니, 해금줄이 늘어지도록 덥겠지만 그래도 이 여름에 공연이 있다는 것만으로도 감사하다.

작년에는 여름에 지방 공연이 우르르 들어왔다. 남해와 서해, 동해를 이틀 만에 다 보게 생겼다. 이럴 때 고려해야 할 것은 숙박이다. 성수기에다 관광지이기 때문에 숙박비가 엄청나게 비싸다. 까딱 잘못하면 공연비도 못 건질 수 있다. 미리미리 저렴한 곳을 찾아 예약해 두어야 한다. 가끔 직전에 성수기라 가격이 올랐다며 추가 금액을 요구하거나 예약을 취소하라는 전화가 오기도 한다. 나는 놀러 가는 게 아닌데. 괜히 서럽다.

여름에는 옷 입는 것도 걱정이다. 최대한 시원해 보이는 색과 재질을 골라 입고 나오지만, 전통한복은 고쟁이와 속치마 등 갖춰 입어야 할 것이 많다. 치마 속 단열재다. 집 밖을 나서자마자 땀 폭포수 속에 들어앉아 홀로 도 닦는 기분이다. 본견 한복은 땀이 묻으면 얼룩지니까 덜 고와도 화섬으로 입는다. 원래는 속치마를 두세 벌 입는 전통한복에 반팔 저고리로 버텼지만, 2018년이었나, 기록적인 더위가 한국을 덮을 때 결국 속치마 한 벌 입는 생활한복을 구매해 버렸다. 뭔가 지는 느낌이 들었지만 어쩔 수 없었다. 빳실한 한복 치마는 자존심이다. 하지만 올해에 와서는 속치마도 더워서 인견 속고쟁이만 입고 생활한복을 입고 연주하는 날도 생겨버렸다. 일단 살고 봐야 한다. 하지만 그 모든 안 좋은 상황을 뒤로하고, 일단 여름에도 공연이 있다는 것이 행복하다.

겨울. 거리 공연자들이 가장 힘들어하는 시간이다. 보통 정기 거리 공연은 11월 첫째 주 주말 즈음까지로 마무리된다. 그해의 마지막 연주가 다가오면 문화베짱이는 비장한 마음으로 모두에게 작별 인사를 한다. 이번 겨울도 잘 보내시고, 살아서 내년에 다시 만나요. 여름은 아무리 더워도 저녁이 되면 조금 선선해지니 거리 공연이 가능하지만, 겨울에는 너무 추워서 거리에 오래 서있을 사람이 없어 불가능하다.

가끔 크리스마스 등을 기념한 거리 공연이 있기도 한데, 거리 공연자를 가엾게 본 시민들의 민원이 들어온다고 한다. 날이 추운데 거리 공연을 시키면 어떡하느냐고. 그 마음은 감사하지만 문화베짱이는 이렇게라도 돈을 벌어야 한다. 한기가 들고 코가 주룩 나오고 손가락과 해금이 얼지만, 그래도 일이 있으니 감사하다. 그러니까 만일 거리에서 안타깝게 거리 공연을 하는 연주자를 보시면 민원 대신 다스한 말씀 한마디가 더욱 좋을 듯하다.

한복을 입기에는 차라리 겨울이 좋다. 한없이 껴입을 수 있기 때문이다. 위아래 톱톱한 내복을 입고, 부숭부숭한 털바지를 입는다. 속치마를 여러 벌 껴입는다. 치마가 빵실하기 때문에 아무도 모른다. 발 시린 데에 크게 도움이 되지는 않지만 솜버선도 신는다. 기모 저고리도 입는다. 목뒤와 허리에 얇은 핫팩을 붙인다. 바람막이 역할을 하는 양단 두루마기나 한복 코트를 입는다. 물론 이렇게 만반의 준비를 갖추고서도 맨손으로 연주해야 하니 결국은 춥다. 손이 곱아 음이 잘 잡히지 않는다. 해금도 기가 막히게 감기에 잘 걸린다. 아무리 웃는 얼굴로 연주해도 얼굴은 벌게지고 입술은 퍼래진다. 어느 순간 관객들은 연주를 감상하는 것이 아니라 혀를 쯧쯧 차며 가엾다는 듯 한마디씩 하며 지나간다.

이제 가뭄에 콩 나는 크리스마스와 송년회, 신년회 공연도 지나가고 진짜로 공연이 없는 비성수기가 찾아온다. 대략 1월부터 3월까지는 공연이 거의 없다. 그나마 나는 해금 연주자라서 가끔 지자체에서 하는 정월 대보름 공연이나 삼일절 공연이 들어올 때도 있다. 하지만 대부분은 다이어리가 텅텅 비어있다. 끝을 모르고 허옇게 펼쳐진 다이어리를 보면 한숨이 나온다. 이러다가 손마저 하얘지는 건 아니겠지(白手).

이맘때 거리 공연자들은 자주 만난다. 어차피 다들 일이 없으니 꽤 여럿이 모이기도 한다. 신나게 먹고 떠들다가도 올해 경기를 누군가 얘기하면 금방 울적해진다. 각자 일선에서 들은 불안한 전망을 얘기한다. 야, 작년 겨울 마지막 공연 때 포도시 주무관님이 그러시던데, 이번에 예산 1/3이나 삭감됐대. 와, 진짜? 그놈의 예산은 늘어나지가 않아. 올해도 거리 공연자로 먹고살수 있겠지? 나는 그냥 덜 벌고 덜 쓰련다. 한 치 앞도 모르는데 다 무슨 소용이냐. 배달이 괜찮다는데 해볼까. 어, 난 벌써 하고 있는데. 야, 너 조심해. 내가 아는 누구는 넘어져서 팔 다쳐갖고 악기 당분간 못 잡는다더라. 주제도 없고 내용도 없는 대화가 흐른다. 어쨌든 올해도 다 잘됐으면 좋겠다는 덕담으로 마무리된다.

하지만 공연이 없다고 그저 늘어져 있을 수만은 없다. 연초에 꼭 해야 하는 일들이 있다. 작년의 자료를 모아 포트폴리오를 재정비하는 것이다. 공연장에서 요구하는 서류는 매우 다양하다. 사진에 공연 장소와 공연명이 적혀있어야 한다거나 아예 정제된 포스터나 리플릿, 혹은 실제 거리 공연에서의 반응을 보겠다며 관객과 함께하는 사진을 요구하기도 한다. 수많은 사진 중에 해당 요건을 충족하면서도 좀 그럴싸해 보이는 것들을 추린다. 조금 더 신경 쓴다면 지역별로도 모아둔다. 아무래도 공모 서류에 같은 지역에서 공연한 사진들을 보내면 더 좋을 것 같아서다(그런데 진짜 그럴는지는 모르겠다, 지푸라기라도 잡는 심정이다).

그리고 영상도 모아서 올해의 새로운 공연소개 영상도 만들어야 한다. 나름대로 줄거리를 짜고, 그에 맞는 영상을 고른다. 나는 혼자 다니니까 주로 삼각대를 놓고 영상 기록을 남기는데, 가끔은 팬분이나 관계자께서 역동적으로 찍어주실 때가 있다. 그런 것들은 특히 소중히 모아두었다가 사용한다. 여기에서도 있어 보이는 영상을 골라야 한다. 웬만하면 큰 무대에서 찍은 것이면 좋다. 다양한 연령층과 상황에 따른 공연을 진행한다는 것을 강조하기 위해 장르별로도 모아둔다. 이제 이걸 편집하는 것이 참 힘든데, 보통 공모에서 요구하는 영상 길이는 3분에서 5분 이내다. 대충 5분 좀 안 되게 만드는데, 3분 내외라고 적혀있는 곳이면 좀 애매하긴 해서 요약본을 또 만든다. 많은 내용을 한꺼번에 담으려니 연주는 몇 소절씩밖에 넣지 못한다. 아쉽긴 하지만 미련을 두면 금방 10분이 넘어가므로 조심해야 한다. 일단 사진과 영상을 갈무리하고 나면 한 해의 김장을 마친 것 같은 뿌듯함이 든다.

작년까지는 해촉증명서를 일일이 전화해서 받는 것도 중요한 업무였다. 이 일을 하기 전에는 '해촉증명서'라는 말을 들어본 적도 없다. 하지만 이걸 모아 보험공단에 제출하는 것은 프리랜서 거리 공연자에게 아주 중요한 일이었다. 하지만 올해부터는 법이 바뀌어서 더 이상 서류를 내지 않아도 되었다. 그냥 의료보험료를 훨씬 많이 징수하는 쪽으로 바뀌었기 때문이다. 수입이 줄어들 것으로 예상되는 경우에만 해촉증명서를 제출하면 의료보험료를 감해준다고 한다. 하지만 미래를 우울하게 예측하고 싶은 프리랜서는 아무도 없다. 그래도 일단 일일이 전화해서 서류를 받아 내어야 하는 수고는 줄어들었다.

2월에서 3월이 되면 서류의 달이 시작된다. 공연자 모집 공고가 쏟아진다. 물론 요즘은 하도 공연자가 많아서 서류를 열심히 써봤자 될 확률이 높지 않다는 것은 알지만, 그래도 최선을 다해 글짓기를 한다. 미리 써둔 폼이 있지만 해당 공고의 성격과 지역에 맞게 다시 써야 하기 때문에 시간이 제법 걸린다. 간신히 써서 제출하면 또 다른 공고가 쏟아진다. 미필이지만 군대에서 눈 치우는 기분이 이런 걸까 싶다. 이 중에 어떤 것이 잘될지 모르니 열심히 써두어야 한다. 미리 고르고 만들어 두었던 사진과 영상이 여기에서 빛을 발한다. 공고문과 지원서는 연도와 지역 등으로 제목을 바꾸고 따로 보관해 두어 내년에 참고할 수 있도록 한다.

이맘때는 여행을 가기도 한다. 어차피 공연이 없고 서류만 쓰면 되니 좀 다스한 지방에서 오랜만의 휴식을 즐기는 분들이 많다. 나도 코로나 전, 3월에 동유럽으로 혼자 버스킹 여행을 갔다. 3월이면 대학생들의 개강 덕분에 비수기로 취급되어 비행기 삯이나 숙박비가 상대적으로 저렴하다. 작년에는 친구 '개미'와 함께 태국으로 여행도 다녀왔다. 못 버는 마당에 돈을 써도 괜찮은가 싶었지만, 이때를 위해서 벌어둔 것이라 생각하니 마음이 조금은 편해졌다. 다스한 나라에서 많이 먹고, 신나게 놀고 오니 한 해를 살아갈 힘이 생겼다.

거리를 수놓는 풍각쟁이들은 비수기에도 이렇게 옴작옴작 열심히 살고 있다. 기온과 상관없이 공연이 들어오면 최선을 다해 신나는 공연을 만든다. 지금 당장 일은 없어도, 씨앗을 고르는 마음으로 다음 서류와 공연을 준비한다. 없는 돈을 끌어모아 놀기도 한다. 문득 찾아오는 불안감만 효과적으로 다룰 수 있다면 꽤나 매력적인 직업이라 생각한다.

거리 공연을 시작했을 때부터 막연히 품었던 꿈 중 하나였다. 언젠가 해외에서도 해금으로 거리 공연을 해보고 싶다. 하지만 어디로 가야 하나? 혼자 가나? 앰프를 들고 가야 하나? 만일 공연하다가 추방당하면 어떡하지? 국제 미아가 되는 건가? 그럼 외교부에 도움을 요청해야 하나? 설마 감방에 갇히거나 하지는 않겠지? 걱정이 꼬리를 물고 이어져 그저 요원한 꿈으로 남았다. 막연한 꿈은 생활에 밀려 보이지 않을 정도로 먼 후순위가 되었다.

어느 무기력하던 날, 지금이 떠나야 할 때라는 생각이 문득 들었다. 항공권 사이트를 열었다. 어디로 가야 좋을까. 저렴하기도 하고 음악의 도시가 많다는 동유럽을 검색해 볼까. 마침 비수기라 항공권이 매우 저렴했다. 이제까지는 여기까지 생각하다가 사이트를 닫곤 했는데, 그날은 이상하게 특별했다. 오래 고민하면 어영부영하다 결국 아무것도 못 하게 되어버릴 것 같았다. 홀린 듯 15일을 다녀오는 왕복 비행기표를 사버렸다. 바르샤바 도착 부다페스트 출발. 특가라서 환불도 안 된다. 이제 정말 가야 한다. 두려움이 확 들었지만 모르는 척 접어두자. 막연하던 꿈의 해상도가 쭈욱 올라가는 기분이다. 중간에 어느 도시에 갈지도 정해버렸다. 나는 혼자 한복을 입고 해금과 함께 바르샤바, 프라하, 비엔나, 잘츠부르크, 부다페스트에 갈 것이다.

혹시 정보를 얻을 수 있을까 싶어 동유럽 버스킹을 검색해 보았다. 하지만 당시에는 관련 자료를 찾기가 매우 어려웠다. 어떻게 합법적으로 연주할 수 있는지에 대한 정보는 더더욱 찾을 수 없었다. 그렇다면 정공법을 써야겠다. 방문하려는 도시의 사이트에 들어가, 맨 밑에 쓰인 주소로 영문 이메일을 보냈다.

안녕하세요, 저는 한국의 버스커이고, 버스킹 라이센스가 있는 사람입니다(라이센스 사진 추가). 저는 이런 음악을 하고 있습니다(사진, 영상 추가). 이날부터 이날까지 당신의 도시에 머물 계획이고, 앰프는 가져가지 않아 소리가 크지 않을 것입니다. 혹시 버스킹을 할만한 장소가 있을까요? 만일 가능하다면 주의해야 할 점이 있는지도 궁금합니다. 답신 기다리고 있겠습니다. 감사합니다.

신기하게도, 며칠 후 답장이 왔다.

안녕하세요, 우리 도시에 오는 것을 환영합니다. 당신이 공연 가능한 장소는 여기 여기입니다. 하지만 어디에서 연주하든 한 번에 두 시간을 넘지 않도록 하세요. 관련 조례를 보내드립니다. 참고하세요.

신기하고 기뻤다. 공식 초대장을 받은 기분이었다. 나는 정말 동유럽에 해금으로 거리 공연을 하러 가는 것이다. 물론 첨부된 조례는 그 나라 말로 적혀있어 전혀 읽을 수 없었지만, 받은 메일과 조례를 잘 프린트해 짐에 넣었다. 행여 연주 중에 누가 뭐라고 한다면 이 내용을 보여주면 될 것이다.

아무래도 음악의 도시에 가는 것이니까 음악적 교류도 있을 테다. 그렇다면 한국의 미도 제대로 알려야지. 아껴두었던 본견 한복에다 풍성한 속치마, 꽃신, 버선, 옆꽂이, 댕기까지 제대로 준비했다. 트렁크가 터질 것 같았지만 기분도 그러했기에 상관없었다. 연주할 곡도 준비했다. 우리나라에서도 거리에서 공연할 때는 모두가 아는 곡을 연주해야 사람들이 모일 확률이 높다. 연주는 가사가 없으니 더욱 그렇다. 방문할 나라의 민요와 올드팝 등을 준비했다. 깊은 산속 옹달샘을 마시는 토끼가 국내산이 아니라는 것을 그때 처음 알았다.

프라하에서 첫 거리 공연을 했다. 광장이었는데, 공연할 장소를 찾는 것부터가 쉽지 않았다. 벤치마다 사람들이 가득 차있었다. 모두 한복을 입은 나를 신기한 눈으로 쳐다보았다. 시선이 치마에 무겁게 달라붙는다. 주눅이 들고 식은땀이 난다. 첫 버스킹 때로 돌아간 느낌이었다. 하지만 이대로 물러설 수는 없다. 여기까지 왔으니 한 곡이라도 하고 가자. 드디어 벤치에 자리가 났다. 바로 옆에 아저씨가 앉아있었지만 상관없었다. 그분께 양해를 구하고 악기 케이스를 열었다. 바들 거리는 눈을 꼭 감고 연주를 시작했다. 곡에만 집중했 다. 사람들이 웅성대며 몰려오는 소리가 들렸다.

살짝 눈을 떠 보니 세상에, 외국인들도 있었지만 의 외로 패키지여행 오신 한국 어머님들이 우르르 와 계 셨다. "아이고오! 이 이역만리에서 한복을 입고 해금으 로 아리랑을 켜는 처자를 만났다!" 하시며, 기특하다고 등을 잔뜩 뚜닥여 주셨다. 만 원(체코 돈 아니고 우리 돈 만 원) 팁도 주셨다. 얼결에 나는 어머님들이 좋아하실 만 한 〈애모〉와 〈인연〉까지 연주했다. 외국에서 듣는 아 련한 해금 연주가 특별하다며 눈물 흘리시는 분도 계 셨다. 연주 후 이분들께 짐을 맡기고 화장실에도 다녀 왔다. 한국인이니 응당 믿음이 갔다. 역시나 우리 어머 님들은 믿음직하게 짐을 따악 지키고 계셨다. 모든 게 잘될 거라 격려해 주시곤, 아유 벌써 모일 시간이 되었 다며 썰물처럼 빠져나가셨다. 정신이 하나도 없었지만 마음은 든든해졌다.

광장에서의 연주를 마치고 카렐교(橋)에 갔다. 그곳 은 청계천같이 항상 거리 예술가들이 있다. 그림을 그려 판매하거나 거리 공연을 하는 분들이다. 공연을 구경하려는데, 한 할아버지 밴드가 나를 불렀다.

"너, 연주자지? 그 악기가 뭔지는 모르지만 우리랑 같이 잼(즉석 합주) 하자."

얼결에 주신 의자에 앉았다. 사람들이 우르르 몰려들었다. 그분들의 노래에 즉석으로 가락을 넣었다. 관객들이 환호하며 영상을 찍어댔다. 정신은 없었지만 찬란하게 기뻤다. 한복과 해금에 대해서도 소개했다. 혼자라 영상을 찍어줄 사람이 없어 내게 남은 영상자료는 없지만, 그 추억은 많은 분들의 휴대폰에 남아있을 것이다.

잘츠부르크는 작은 도시다. 우연히 남루한 옷차림의 노부부와 이야기하며 걸었다. 이곳으로 시집온 딸이 아이를 낳아서 보러 온 길이라고 했다. 멀리 살고 있어 딸을 자주 못 보아 아쉽지만, 지금이라도 만날 수 있어 기쁘다고 하셨다. 그분들을 위해 작은 공원 벤치에 앉아 〈Top of the world〉를 들려드렸다. 어머님은 눈물을 글썽이고, 아버님은 허름한 지갑에서 돈을 꺼내 주시려 했다. 마음만 감사히 받겠다며 나중에 여기에 정식으로 초청받아 공연하게 되면 그때 티켓을 사서 와주시라고 말씀드렸다. 연신 고맙다고 인사해 주시는 노부부를 보며 먼 고장으로 시집가 아기를 낳은 우리 언니와, 언니를 보러 멀리 다녀온 엄마 아빠를 생각했다.

돈을 아끼려 여행 내내 유스호스텔에 묵었다. 어딜 가나 가장 저렴한 숙소는 혼성 숙소. 설마 여자들도 묵는 숙소에 남자들이 묵을까 싶었다. 한국에서도 남자들은 여자들 많은 곳을 꺼리지 않나. 비수기이기도 하니까 설마 남자는 없겠지. 바르샤바 숙소에 도착했다. 오산이었다. 나 혼자만 여자였다. 백인 남자들이 날도 추운데 웃통을 훌훌 벗고 돌아다녔다. 너무 무서워서 저어기 끝 이층침대 윗자리에 자리를 잡았다. 가져온 코트 지퍼를 코 밑까지 잠그고 애벌레처럼 달달 떨며 웅크리고 잤다.

프라하 숙소는 무려 호텔이었다. 조식이 제공되는 데다가 1박에 5,000원밖에 하지 않았다. 오, 역시 프라하는 물가가 저렴하구나 싶어 얼른 예매했다. 하지만 가보니 내가 잘 곳은 호텔 건물의 지하, 비밀의 감방 같은 어두침침한 곳이었다. 4인실이라더니 넓고 어둑한 공간에 침대가 세 개 덩그러니 놓여있다. 그중 하나는 쇠로 된 이층 침대. 당연히 혼성 숙소였다. 천장이 높은데 저 위에 작은 창문으로 엷은 햇살이 보자기만 하게 비쳤다. 샤워실에는 따뜻한 물도 나오지 않았다. 달달 떨면서 씻었지만 무서워서 심장이 더 떨렸다. 여기에 묵는 사람들은 내가 한복을 입든 말든 신경도 쓰지 않았다. 자기네들끼리 여행을 온 모양인지 밤늦도록 떠들었다. 옅은 외로움을 느끼며 애벌레가 되어 잠들었다.

비엔나에서 묵은 숙소는 특이하게도 거실에 피아노와 기타가 있었다. 각국의 여행자가 만나 이야기도 하고, 연주도 하며 즐기는 곳이다. 그곳에 한복을 입고 해금을 든 사람이 떡하니 나타나니 이목이 확 쏠렸다. 해금과 한복을 설명하고 해금 체험도 시켜주고, 기타와 즉석 합주도 했다. 다들 웃고 떠드느라 밤이 가는 줄 몰랐다. 다음 날 그곳에서 친해진 영국인 화가와 친구가 되어 함께 거리 공연을 하러 갔다. 나는 신나게 연주하고, 친구는 그런 나를 그려주었다. 받은 팁으로 카페에 가서 수다를 떨었다.

부다페스트에서는 담벼락에서 거리 공연을 하는 젊은 남녀가 있었다. 혹시 함께해도 되는지 물었다. 순식간에 3인 공연 팀이 만들어졌다. 의자가 없어 서서 연주한 데다가 처음 맞춰본 곡이었지만 어설퍼도, 관객이 많지 않아도 즐거웠다. 이건 다행히 전날 숙소에서 만나 같이 다닌 친구가 영상을 찍어주었다.

귀국하는 길에는 러시아 항공을 이용했다. 짐을 검사하는 곳에서 갑자기 뻘건 경고음이 울렸다. 해금을 관통하는 주철이라는 철심이 있는데, 그것이 문제가 된 듯했다. 큰 덩치의 직원이 눈을 홉뜨며 달려와 이게 뭐냐고 호통쳤다. 이것은 한국의 전통악기 해금이라고 반은 울먹이며 열심히 설명했지만 믿어주지 않았다. 결국 사람들이 웅성거리는 공항 입국심사대에서, 〈Over the rainbow〉를 달달 떨며 연주했다. 순간 사위가 조용해졌다. 연주를 마치고 눈을 슬쩍 뜨자 그 직원의 눈꼬리가 내려와 있었다. 아주 훌륭한 연주였다며, 들려주어 고맙다고 했다. 덕분에 무사히 해금을 안고 입국할 수 있었다.

해외로 거리 공연을 다녀온 지 몇 해가 지났다. 무섭

던 코로나도 지나가고, 이제 해외여행도 증가하는 추세인 듯하다. 언제든 해외로 거리 공연을 훌쩍 떠나 울림 있는 추억을 만들고 싶다. 이번에는 서유럽이나 북유럽으로 가볼까 생각한다. 언젠가 해외에서 혼자 한복을 입고 해금을 연주하는 사람을 보게 된다면, 아마 은한일 수도 있겠다.

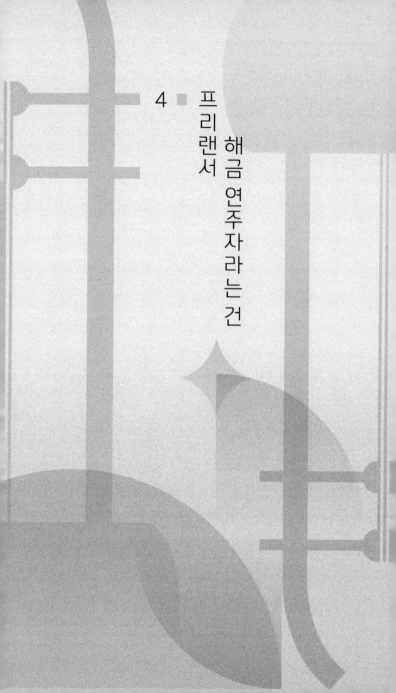

4 프리랜서 해금 연주자라는 건

공연하다 보면 다양한 질문을 받는다. 의외인 것도 있는데, 이것도 꽤 생소했다. 나는 연예인도 아닌데 웬 소속사? 처음에는 전혀 아니라며 웃어넘겼다. 하지만 이런 질문을 종종 들으니 신기했다. 이게 어떤 이유에서 궁금한 걸까? 생각해 보니 내 공연을 자주 보시거나, 공연업에 관심 있는 분들이 자주 물어보시는 내용이다. 아무래도 혼자 다니는 것치고는 공연이 많아서인 듯하다. 심지어 저번에는 업계에 친인척이 있어서 이렇게 공연을 많이 할 수 있냐고 물어온 분도 있었다 (이건 좀 억울하다. 친가 외가 통틀어서 음악은커녕 예술을 하는 분이 한 사람도 없다).

그러면 나는 어떻게 공연이 많이 들어오는가. 실은

혼자 열심히 정보를 찾고 두드린다. 매주 월요일마다 부지런히 공고를 검색하고 예술인 공고 관련 사이트에 들어가 확인한다. 정해진 양식에 따라 열심히 서류를 써서 메일을 보낸다. 양식이 없다면 매년 내용을 더해 만드는 자기소개서를 보낸다. 작년의 주요 공연을 모아 매년 최신 소개 영상을 만든다. 만일 지자체나 문화재단에서 하는 오디션이 있다면 면접이고 연주고 할 것 없이 최선을 다해 준비한다.

직접 뛰어다니기도 한다. 동네 주민자치회나 문화원에서 하는 축제가 있으면 초대받지 않았어도 가서 담당자에게 명함을 드린다. 최대한 많은 사람을 만나려고 노력한다. 명함은 항상 넉넉히 가지고 다닌다. 아무래도 내향인이라 새로운 사람을 만나 나를 홍보하는게 꺼려지고 부끄러울 때도 있다. 하지만 기왕 이 일을 하겠다고 마음먹었다면 창피함을 무릅쓰고라도 해야한다. 실은 아무도 나를 창피하게 여기지 않는다. 나만 나를 창피하게 여기지 않으면 된다.

그 외에도 해야 할 것이 많다. 이건 공연하며 조금씩 쌓인 노하우인데, 언제라도 담당자들이 내 공연 스타

일을 보실 수 있도록 유튜브 영상을 많이 올려둔다. 따로 시간을 내 찍을 수는 없어 라이브 영상을 올린다. 보통은 혼자 다니니 가끔 팬분들이 찍어주실 때를 제외하고는 삼각대를 놓는다. 대신 곡과 장르를 최대한 다양하게 구성한다. SNS도 열심히 한다. 공연했던 내용을 올리고, 해당 지역이나 관계부처 등을 태그하여 내 게시물을 보실 수 있도록 한다. 포스팅을 위해서 공연 담당자님께 사진을 찍어달라고 부탁드린다.

휴대폰도 종일 붙들고 있어야 한다. 꼭 섭외 전화는 집을 나서기 직전 가장 바쁠 때나 머리 감을 때 온다. 한 손으로는 짐을 확인하거나 젖은 머리를 수건으로 받치면서 한 손으로는 전화를 받는다. 다이어리를 얼른 펴고 받아 적는다. 내가 전화를 받지 않으면 다른 공연자에게 기회가 넘어가는 경우도 간혹 있으므로 반드시 받아야 한다. 담당자님들도 바쁘시기 때문에 이른 아침이나 늦은 밤에 급하게 연락이 오기도 한다. 확정된 공연에서도 계속 전화가 온다. 공연 시간 변경이나 취소 전화, 곡명 선정에 대한 전화, 반주 요청 전화, 테크라이더나 필요 장비 확인 전화, 견적서 요청 전화, 공연보고서 및 세금계산서 발급 부탁 전화, 기타 서류 확인 전화, 특별한 요구사항 전화 등을 수시로 받는다. 역시 사람과 통화하는 것은 기운이 달리지만 최대한 쾌활하게 받는다.

이렇게 노력하다 보니 조금씩 섭외공연이 많아졌다. 몇 년 전에 공연했던 곳에서 다시 연락해 주시는 경우도 많다. 그래도 내가 잊히지 않았구나, 자르르 하는 안도감이 든다. 매년, 혹은 매번 불러주시는 분들은 더욱 감사하다. 유튜브나 SNS, 팬카페 등을 통해 첫 연락을 주시기도 한다. 누구에게 추천받아 전화했다는 말씀도 듣는다. 그래서 모르는 번호로 전화가 오면 일단 설렌다. 마치 부루마불의 '황금 열쇠'를 여는 기분이다.

물론 이렇게까지 노력했는데 성과를 거두지 못하는 경우도 많다. 실은 대부분 그렇다. 밤을 새워가며 정성스레 쓴 서류는 알 수 없는 이유로 서류전형에서부터 탈락하고, 반드시 나를 불러주겠다는 곳에서는 연락이 없다. 당연히 다채로운 오디션에서 찬란하게 떨어져 봤다. 공연이 정말 좋았다며 내년에도 꼭 섭외하겠다는 곳에서 연락이 없어 전화를 드리면(이것도 매우 부끄럽다.) 위에서 매년 새로운 예술가를 발굴해서 뽑으라 했다며 미안하다는 말씀도 종종 듣는다.

처음에는 누구에겐지 모르게 실망하고 화도 났다. 이렇게나 열심히 노력했는데 원인도 모르게 떨어지다니. 임용시험을 볼 때처럼 막막한 느낌까지 들었다. 앞이 캄캄하고 슬펐다. 아무것도 하기 싫어 맥없이 누워 있거나 종일 휴대폰을 보며 잘나가는 남과 나를 비교하기도 했다. 하지만 오히려 임용시험에서의 경험이 나를 회복시켜 주었다. 그래도 임용처럼 시험이 매년 한 번만 있는 것이 아니니 얼마나 감사한가. 최선을 다한 후의 결과는 이미 내 것이 아니다. 수확하는 비율이 적으면 더 많은 씨앗을 뿌리면 된다. 그중 몇 개는 섭외로까지 연결되겠지. 물론 몇 년 전 임용시험을 그만두면서 했던 생각은 아직 유효하다. 이렇게 열심히 해도 굶어 죽을 정도가 된다면 그때 죽지 뭐. 일단 최선을 다해보자.

언젠가 작은 소속사에서 연락이 오기도 했다. 나를 컨설팅해 새로운 곳으로 많이 연결해 주시겠다는 분들도 여럿 있었다. 새로운 플랫폼을 만들었다며 함께 키

워나가면 좋을 것 같다는 감사한 제안도 두어 번 받았다. 물론 좋은 기회일 수 있다. 하지만 그때는 그리 필요하다는 생각이 들지 않았다. 나는 이 정도로도 과분하다. 더 공연이 많아지면 행여 지쳐 해금이 싫어질 수도 있다. 다 정중히 고사했다.

아참, 매니저를 두어야 하는 것이 아니냐는 질문도 수없이 받았다. 하긴 불편한 한복을 입은 채로 그 많은 음향 장비를 혼자 자그마한 차에서 끝도 없이 꺼내다가 커다란 수레에 착착 싣고 개미같이 열심히 옮겨서 공연장에 도착해서 세팅하고 연주하고 치우는 것을 보면 그런 걱정을 해주실 법하다. 장비는 또 얼마나 무거운가. 높이 솟은 앰프용 삼각대 모가지 위에 무거운 앰프를 얹을 때면 행인들이 어이구 하며 오셔서 도와주실 때도 많다. 장비를 옮기다 긴 한복 치마에 걸려 넘어질 뻔한 적이 한두 번이 아니다. 한복 치마를 찢어먹은 적은 더 많다. 하긴 매니저가 있으면 정말 좋을 것 같다. 기왕이면 꼼꼼하고 힘센 여자분이면 좋겠다. 서류도 대신 써주고, 공연 일정을 조율해 주고, 공연비도 멋지게 협의해 주고, 짐도 들어주고 운전까지. 하지만 안타깝게도 아직은 한 사람의 월급을 줄 수 있을 만큼의 여유가 있지는 않다.

그래도 소속사 없이 혼자일 때의 장점도 많다. 일단 추가 수수료를 떼이지 않는다. 공연비를 받을 때 세금 들을 제하고는 더 제할 것이 없다. 내 마음에 닿는 공연 을 직접 판단할 수도 있다. 소속사가 있다면 공연 봉사 는 아무래도 비효율적인 것으로 판단되니 하지 못하게 될 수도 있다. 혹은 소속사에서 내 이미지를 고려(?)해 공연을 가려 받는 경우도 피할 수 있다. 내가 하고 싶으 면 하고 안 하고 싶으면 안 하면 그만이다.

물론 미래는 알 수 없다. 이래놓고 언젠가 소속사에 들어가 왕성한 활동을 할 수도 있다. 하지만 나는 그때 의 나를 믿는다. 아마 그만한 이유가 있어서 그랬을 것 이다. 그리고 그때가 오면 또 그때의 최선을 다하면 된 다. 미래는 전혀 알 수 없으므로 기대되는 것이다.

지금도 팔을 득득 긁으면서 글을 쓰고 있는데, 나는 햇빛 알레르기가 심하다. 햇빛 알레르기는 자가면역질환의 일종이다. 잘은 모르겠지만 몸이 햇빛을 적으로 오인해서 염증반응이 나타나는 것이라고 한다. 원인은 다양하지만 치료는 어렵다. 그저 선크림을 자주 발라주는 수밖에.

나는 해에 노출되면 쉽게 화상을 입는다. 매우 간지럽고 발진이 생긴다. 좁쌀 같은 두드러기가 얼굴 바깥면부터 덮인다. 심하면 여드름 같은 농이 생기기도 한다. 얼굴이나 팔 등 한두 부분만 알레르기인 사람도 있다던데, 나는 온몸이 그렇다. 하다못해 귓속도 붓고 간지럽다. 그 말은 화상 입지 않으려면 귓속까지 꼼꼼하게 선크림을 발라야만 한다는 뜻이다. 일사병이나 열사병도 매우 잘 걸린다. 햇살 아래에서는 몸속 배터리가 휙휙 닳아버리는 느낌이다. 금방이라도 쓰러질 것 같다. 속도 울렁거린다. 해를 받은 날 저녁에는 온몸에서 열이 나고 입맛이 싹 사라진다. 여름에 특히 그렇지만 다른 계절이라고 크게 다르지도 않다. 아주 추운 겨울날 달달 떨면서도 양산을 놓지 못하는 사람을 보신다면 높은 확률로 나다. 한복을 입었다면 더더욱.

그래서 각종 선크림에 통달했다. 선크림에는 크게 무기자차와 유기자차가 있다. 무기자차는 피부를 덮어 햇살을 물리적으로 튕겨내는 느낌이고, 유기자차는 피부에 스며 화학적으로 햇살을 부수는 것이라 한다. 둘의 장점을 섞은 제품도 있다. 효과는 무기자차가 더 좋고 즉각적이지만 허옇게 뜨고 끈적일 수 있다. 유기자차는 그렇지는 않지만 적어도 30분 전에 발라주어야 효과가 있다. 그래서 나는 나갈 때 팔다리에 무기차자를 바르고, 얼굴에는 유기자차를 바른다. 공연 갈 때는 한복에 선크림이 묻으면 안 되니 전부 유기자차를 사용한다. 톤업되는 제품도 있는데 별로 좋아하지 않는다. 많이 바를 수도 없고 덧바르면 뭉치는 경우가 많기 때문이다. 안 써본 선크림은 거의 없지만, 가성비 좋은 것이 최고다. 뭐가 되었든 어마어마하게 많이 쓰기 때문이다. 자주 덧발라야 하기 때문에 소분 용기에 선크림을 넣어 다닌다. 이미 얼굴에는 가루분을 덮었지만, 일정 시간이 지나면 떡지든 말든 다시 발라주어야 한다. 귀찮고 슬퍼도 할 수 없다.

이렇게 햇살과 종일 드잡이를 해도 해가 강한 날에는 어김없이 화상을 입는다. 그래서 집에는 항상 화상 연고가 있고, 가지고도 다닌다. 화상은 며칠 가지만 태양은 다음 날에도 뜬다. 화상으로 인한 발진은 긁을수록 열이 나고 간지럽고 고통스럽다. 계속 긁으면 터져 피와 진물이 나고 상처가 생긴다. 그러면 햇살에 더 취약해지고 흉터도 남으니 더 큰일이다. 간지러워도 참아야 한다. 하지만 자면서 나도 모르게 긁을 때도 있다. 아침에 손톱에 피가 맺혀있으면 서러워서 눈물이 핑 돈다. 그런 아침에도 창에는 햇살이 무섭게 내리꽂히고 있다. 나는 반사적으로 몸을 움츠린다.

양산은 필수품을 넘어선 목숨 유지 장치다. 양산은

안쪽이 검게 코팅된 것이 햇빛을 가장 잘 막아준다고 한다. 아무래도 밝은 색이 해를 잘 튕겨내지 않을까 싶어 흰색도 사용해 보았는데, 언젠가 비문학 지문에서 양산은 어두운 색이 좋다고 하기에 얼른 바꾸었다. 양산이 없으면 밖에 나갈 수 없다. 사계절 사용하는 물건이므로 양산만큼은 백화점에서 비싼 걸로 산다. 요즘은 양우산이라고 비도 스미지 않는 것을 산다. 항상 사용하니 바람이 세게 불어도 버티도록 대가 튼튼해야 한다. 조금 무겁고 불편해도 4단보다는 3단 우산을 선호한다. 최근에는 큰맘 먹고 전통 지양산을 구매했다. 정교하고 아름다운데다가 햇볕까지 잘 막아준다. 한복입고 지양산을 쓰면 왠지 옆에 두꺼비가 앉아있어야 할 것 같지만 마음에 쏙 든다. 요즘은 이렇게 양우산과 전통 지양산 두 가지를 사용하고 있다.

이렇게까지 하고서도 시들시들한 고사리같이 응달을 사랑하지만, 나는 거리 공연자다. 아주아주 해사한 여름 햇살 아래에서도 웃으며 연주해야 한다. 아아! 작열하는 태양, 불타오르는 청춘. 공연 자리가 응달일 때도 간혹 있지만 거리 공연에서 그런 자비를 바라면 안 된다. 연주자보다는 관객 쪽이 응달이어야 관객분들이 더욱 많이 걸음을 멈추고 내 연주를 보실 수 있다. 공연 시간이 되면 나는 마른침을 꿀꺽 삼키고 용사처럼 비장하게, 양산 대신 해금을 들고 햇살 속으로 뚜벅뚜벅 걸어 나간다. 나를 즉시 내리족치는 햇살 속에서 땀은 선크림을 실시간으로 씻어 내리고, 속은 배를 탄 듯 울렁거린다. 어지럽다. 그래서 서서 연주할 때는 양발을 벌려 기저면을 넓혀 쓰러지지 않도록 한다. 정신 차려야 한다. 온 힘을 가득 담아 무사히 웃으며 연주를 해낸다.

여름이 특히 죽을 맛이지만 탱탱하게 빛나던 해가 조금 잦아드는 가을이 되어도 방심할 수 없다. 나는 햇살의 빛이 살짝 바래는 첫날을 가장 먼저 눈치챈다. 그렇다고 해님의 위력이 다한 것은 아니므로 방심할 수 없다. 대신 좀 선선해지니 얼른 얇은 긴팔 저고리를 꺼내 입는다. 한여름에도 이 저고리들을 입을 수는 있겠지만 한여름 긴팔은 너무 덥다. 팔이라도 짧은 것을 입어야 그나마 열사병에서 도망칠 수 있다.

흐린 날은 좀 괜찮지 않나 생각될 수 있겠지만 전혀 아니다. 구름에는 UV 차단 기능이 없기 때문이다. 눈만 좀 시원할 뿐이지 화상은 그대로 입는다. 오히려 응달이 어딘지 알 수 없어 어느 쪽으로 양산을 들어야 할지 몰라 더 큰 화상을 입기도 한다.

예전에는 햇빛 알레르기가 대중에게 잘 알려지지 않았다. 믿지 않는 사람도 많았고, 내게 드라큘라냐고 놀리기도 했다. 정신력의 문제라거나 나가기 싫어 핑계를 댄다는 말도 들었다. 어렸을 땐 정말 내 정신력 때문인가 싶어 쨍쨍한 여름날 선크림을 바르지 않고 햇살 속에서 10분 정도 버텨본 적도 있다. 그날 밤 온 식구가 걱정할 정도로 끙끙 앓았다. 이후로는 해에게 감히 덤비지 않는다.

이렇게 평생 살다 보니 이제는 해만 보면 반사적으로 몸이 움츠러든다. 아주 중요한 일이 있지 않으면 날씨가 어떻든 낮에는 실내에만 있으려 한다. 텔레비전에서는 연예인들이 땡볕에 건강한 땀을 흘린다. 민소매를 입고 해사한 햇살을 맞으며 여행한다. 뉴스에서는 해수욕장에서 수영복 입은 청춘들을 비춘다. 눈물이 나도록 부럽다. 사람들은 어떻게 그리 가벼이 입고 투명한 햇살 속을 자유로이 유영하는지. 해를 닮은 찬란한 미소가 부럽고도 밉다. 안 그래도 내향적인데, 집에서만 웅크려 있으니 더욱 우울해진다.

하지만 역설적으로 거리 공연자가 되고 나서는 조금 더 활동적이게 되었다. 낮에도 어쩔 수 없이 밖에 나가야 하기 때문이다. 어떤 날은 선크림을 바르기도 지쳐 울고 싶지만, 일단 나가고 나면 좀 기운이 난다. 나가기 30분 전에 선크림을 꼼꼼히 바른 자신을 속으로 칭찬하며 경쾌하게 걷기도 한다. 그러고 보면 어릴 적부터 햇살을 경계했으니 지금은 또래보다 주름이 좀 적은 것도 같다. 피부도 영 까맣지는 않다. 항상 양우산과 함께하니 예측하지 못한 비도 피할 수 있다. 그럼 이 알레르기가 멀리 보면 그리 나쁜 것만은 아닐 수도 있겠다. 이런저런 생각을 하며 걷다 보면 어느새 공연장에 도착한다. 다정한 사람들을 만나 대화하고, 웃으며 연주하고 나면 기분이 더욱 산뜻해진다. 이제는 이글거리는 해도 나를 삼킬 수 없다.

수원에 불우이웃 돕기 공연 봉사를 하러 갔다. 몇 번 갔던 곳이다. 감사하다고 식혜나 빵 등을 받곤 했는데,

이번에는 한 후원자분께서 사업하신다는 선크림을 하나 주셨다. 나도 모르게 우와! 소리가 나왔다. 눈을 땡그랗게 뜨며 저 선크림 좋아해요! 하니 후원자분들이 일제히 웃으셨다. 아마 예의상 하는 말인 줄 아셨나 보다. 하지만 나는 진심으로, 정말 진심으로 선크림을 좋아한다. 이번 겨울 봉사 때도 답례로 선크림을 주신다는 얘기가 있던데 벌써 기대된다.

전국을 다니며 공연하다 보니 부럽다는 말을 듣곤 한다. 특히 지역 축제 공연에 갈 때 그렇다. 일부러 돈을 들여 그곳까지 구경도 가는데, 돈을 받으면서도 지역을 즐기고 여행할 수 있지 않느냐는 이야기다. 일견 맞는 말 같다. 공연 시간은 30분~1시간 정도이니, 그 외에는 나만의 시간을 즐길 수 있다는 생각이 들만하다. 하지만 이건, 여행이 아니고 출장이다.

공연은 생각보다 긴장되는 활동이다. 행여 컨디션이 좋지 않으면 정말로 큰일이다. 그래서 나는 연주 전에 맛난 커피는커녕 밥도 제대로 먹지 못한다. 그런데 공연은 주로 저녁이다. 혹은 시간을 두고 2시와 4시, 6시 이런 식으로 여러 번 있기도 하다. 그러면 마치는 시간까지 뭐든 제대로 먹지도, 즐기지도 못한다. 마치 축제장으로 면접 보러 가는 느낌이라고 하면 될까. 모두가 흥성흥성하니 축제를 즐기는데 나만 달달 떨고 있다. 그렇게나 오래 연주 활동을 했으면서 뭘 그렇게 떠냐고 할 수 있다. 하지만 공연은 연주만으로 관객의 마음을 움직여야 하는 일이다. 조금만 긴장을 풀면 사람들의 마음도, 발걸음도 잡을 수 없다.

실은 현장에 나와있는 담당자 눈치도 좀 본다. 내가 관객을 많이 모으지 못하면 좋은 평가를 받지 못해서 다음에 섭외되지 않을 수도 있기 때문이다. 그리고 공연, 특히 거리 공연은 언제 어디에서 어떤 일이 터질지 모른다. 관객이 난입할 수도 있고 음향이 갑자기 나오지 않을 수도 있다. 혹은 미처 생각지 못한 일이 생길 수도 있다. 그게 다 긴장으로 이어진다.

큰 축제일수록 멀리서부터 길이 막힌다. 주차도 매우 어렵다. 물론 사전에 공연 팀 출입증을 주시는 경우가 많지만, 사람이 정말 많으면 그마저도 여의치 않을 수 있다. 저번에 경기도의 한 봄꽃축제에서 금요일과 일요일에 공연했다. 금요일은 평일이라 그런지 아주 북적이지는 않았다. 공연장과 가까운 후문에 도착해 출입증을 보여드리자 펜스를 열어주시며 친절히 안내해 주셨다. 그런데 일요일은 달랐다. 공연장 근처에 가기도 전에 차들이 감기 걸린 콧구멍마냥 꽉 막혀서 빠져나갈 생각을 하지 않았다. 간신히 후문에 도착해서 출입증을 보여드렸다. 그런데 금요일과 달리 여기는 지금 주차가 안 된다며 정문으로 가라고 하셨다. 당황스러웠다. 결국 정문까지 가서 주차했는데, 평소에는 15분이면 갈 거리를 한 시간이 넘게 걸렸다. 일찍 출발했기에 망정이었지, 만일 제시간에 출발했다면 중간에 차를 놓고 달려갈 수도 없으니 온몸이 달달 떨리도록 긴장되고 초조했을 것이다.

축제는 봄과 가을에 몰려있다. 이 축제에서 공연하고 나면 바로 다음 공연장으로 달려가야 하는 경우가 가끔 있다. 다음 축제장도 주차가 어려울 것이기 때문에 혹 시간 여유가 있어도 앞 축제는 둘러보지도 못하고 달려가야 한다. 그렇다고 두 번째 축제는 즐길 수 있냐면 그렇지도 않다. 하루에 두 타임을 잡는 경우라면 두 번째는 늦은 시간 공연일 터인데, 공연을 마치고 정리하고 나면 축제는 이미 어둑하니 파한 뒤고 나는 식어빠진 회오리감자나 읊조리며 저녁을 대신해야 하는 것이다. 그래도 공연을 마치면 좀 홀가분해져서, 적당히 식은 축제의 열기를 다스하게 느끼며 축제장을 전체적으로 둘러본다. 하지만 한복을 입었기 때문에 '은한'을 놓을 수 없다. 여기저기에서 알아봐 주시기 때문이다. 멍하니 안면 근육을 풀어놓고 걷고 싶지만 누군가 인사하실 수 있으니 항상 웃는 얼굴을 유지해야 한다. 만일 오오리(차 이름이다) 안에서 옷을 갈아입는다면 그나마 낫지만, 간혹 얼굴 자체를 알아봐 주시는 분들도 계시다. 아아, 잠시 한 지역의 유명인이 된 건데도 이렇게 고생이다. 내향형 연예인들의 고충을 살짝 알 것도 같다. 이러나저러나 다른 사람처럼 평범하게 축제를 즐기지는 못하게 된다.

가끔은 낮에 공연이 끝나고 다음 일정도 없는 신나는 날이 있다. 나는 그냥 떠나기 아쉬워 스트리밍 '실시간 은한통신'을 열어 팬들과 소통하곤 한다. 지금 어디에 왔다는 것을 말씀드리고 근처를 구경하며 이런저런 이야기를 나눈다. 혼자 셀카봉을 들고 하는 것이라 화면도 흔들리고 어설프지만 많이들 좋아해 주신다.

작년 산천어 축제에서도 그랬다. 날이 추우니 부숭부숭한 털바지로 갈아입고 스트리밍을 켰다. 여기저기를 다니다 산천어 낚시를 하기 위해 자리를 잡고 앉았다. 솔직히 많이 기대했다. 히히, 한 사람당 네 마리까지 잡을 수 있으니까 두 마리는 회를 떠서 하나는 지금 먹고 하나는 포장해야지. 나머지 두 마리도 구워서 포장해서 집에 가져가자. 부모님께서 엄청 행복해 하시겠지? 만선의 포부를 안고 낚싯줄을 드리웠다. 그러나 팬분들의 응원과 조언에도 불구하고. 한 시간 넘게 쭈그려 앉아있기만 하다가 결국 한 마리도 잡지 못했다. 춥고 배가 고파 결국 산천어 대신 컵라면을 먹었다. 속모르시는(?) 팬분들은 이게 더 재밌다고 하셨지만 허탈했다. 내년에는 꼭 여러 마리 잡고야 말겠다고 다짐하며 차에 낚싯대를 그대로 두었지만, 올해는 그곳에서 섭외가 들어오지 않았다.

무엇보다도 나는 여행을 그다지 즐기지는 않는 듯하다. 혹시 지방 연주가 이어져 1박을 하더라도 해만 지면 숙소에 들어가 있다. 혹은 근처 카페에 들어앉아 책

읽고 일기나 쓴다. 혼자 다니기 때문에 여행의 꽃이라 는 맛집 탐방을 제대로 즐기지도 못한다. 지방의 맛집 은 웬만하면 두 사람부터 주문되기 때문이다. 여기저 기 음식점에 전화해서 혼자도 되는지 문의하다 결국 포기하고 편의점에서 끼니를 해결하는 경우가 많다. 그 지역의 명소를 구경하는 것이나, 풍경사진을 찍는 것도 과히 즐기지 않는다. 역시 내향인의 성격은 어디 가지 않는다.

하지만 모두 차치하고서라도 축제 공연은 그만의 즐 거움이 있다. 일단 꽃축제에서는 벚꽃, 산수유, 장미, 맥문동 등을 가장 유명한 곳에서 가까이 구경할 수 있 다. 잠시라도 짬을 내어 주변 행인들께 부탁해서 내 사 진을 찍는다. 가끔 커다란 카메라를 든 분들도 계신데, 이분들께 부탁드리면 제철 꽃과 함께하는 인생 숏을 어마어마하게 건질 수 있다. 지역 축제에는 농특산물 을 저렴하게 판매하는 부스가 반드시 있다. 시간이 있 다면 들러 이것저것 산다. 품질도 좋고 저렴하다. 덕분 에 부모님께서는 각 지역의 가장 유명하고도 싱싱하다 는 것들을 다 드신다. 저번 보은 대추축제에서는 생대

추와 건대추를 어마어마하게 샀다. 엄마가 좋아하시는 알밤이랑 아빠가 좋아하시는 국산 땅콩도 샀다. 조치원 복숭아축제에서 산 복숭아는 또 얼마나 크고 달콤했던가. 저번 논산 딸기축제는 엄마와 갔었다. 우리는 자기 직전까지 딸기를 먹었고, 일어나자마자 딸기를 먹었다. 다음 날 딸기 따기 체험도 했는데, 금실 딸기가 그렇게나 향이 강하고 맛이 진한지 처음 알았다.

무엇보다도 축제 특유의 들뜬 분위기와 흥성거림이 좋다. 축제에 놀러 와 행복해하는 사람들을 잔뜩 만날 수 있다. 누군가의 소중한 한때를 지켜볼 수 있다는 것, 그리고 내 작은 해금 연주로 모두의 하루에 조금이나마 행복을 보탤 수 있다고 생각하면 참 감사하다. 그분들의 다정한 추억에 내 연주도 함께면 좋겠다.

모텔 통달자

지방 공연에서 숙박비가 따로 나오거나, 숙박을 제공해 주는 경우는 거의 없다. 공연비를 협상할 때 교통비 명목으로 공연비를 조금 더 받을 수는 있겠지만 숙박비까지는 아무래도 말씀드리기 어렵다. 아예 처음부터 공연자 모집 공고에 '숙박 및 교통비 포함'이라고 명시한 곳도 많다. 그래서 불필요한 돈을 아끼기 위해 최대한 당일치기로 다녀오곤 한다. 그러나 지방 공연이 연달아 있거나, 공연이 늦은 시간이라 밤길 운전이 걱정될 때는 어쩔 수 없다.

오오리를 사기 전에는 대중교통으로 전국을 다녔다. 집에서부터 한복을 입고 나온다. 한복 속치마의 부피와 무게가 엄청나기 때문이다. 고속버스, 기차 등등을 타고 다니려면 짐을 최대한 줄여야 한다. 숙박할 일이 있으면 여행짐도 추가된다. 그때는 왠지 모텔이라고 하면 좀 무섭기도 하고, 공연비도 지금보다 적어서 게스트하우스 6인실 도미토리를 애용했다. 도미토리는 가능한 한 빨리 숙소에 짐을 풀어야 한다. 보통 2층 침대이기 때문이다. 2층에서 자면 화장실 등을 오갈 때 여간 불편한 것이 아니다. 최대한 일찍 도착해서 1층 자리를 '찜'해야 한다.

게스트하우스 중에는 저녁 파티가 열리는 곳도 있다. 한복 외에는 잠옷뿐이어서 따로 입을 게 없다. 한복을 입고 나타나면 시선이 쏠려 파티에 가기 부담스럽지만, 지방에 간 김에 신나게 놀아야겠다는 마음으로 신청하곤 했다. 청하시면 해금 연주를 들려드릴 때도 있었다. 오래 혼자 공부하며 새로운 사람을 만나지 못하다가, 흥성흥성한 파티에서 처음 만난 사람들과 대화하는 것이 어색하기도 하고 신기하기도 했다. 거기에서 만나 지금까지 연락하는 투숙객과 게스트하우스 사장님들도 있다. 그때의 추억은 아직 다사로이 남아 있지만, 이제는 나이가 들었는지 내향성이 다시 드러나는 건지 파티도 싫고 그냥 혼자 편하게 있고 싶다.

그래서 혼자 묵을 수 있는 숙소를 찾아봤다. 호텔은 가격대가 어떻게 되나. 으악, 생각보다 엄청나게 비싸다. 여기에 묵으면 공연비를 다 깝살라 먹겠다. 더 찾아보니 상대적으로 저렴한 프랜차이즈 호텔들이 있었다. 이곳도 가격대가 만만치는 않지만, 혼자 묵으려면 이 방법밖에 없는 줄 알고 한동안 자주 예약했다. 이때까지도 숙박 선택지에 모텔은 없었다. 미디어에서 본 모텔은 왠지 어두운 복도에서부터 오래된 담배 냄새가 나고, 얼굴에 흉터가 난 주인이 좁은 창문 사이로 비딱하게 고개를 꺾으며 몇 명이냐고 묻고, 가끔 칼부림이 일어나기도 하는(영화를 너무 많이 봤다) 음습한 공간이었다. 으아. 여자 혼자 묵기에는 너무 무섭다. 하지만 지방 공연이 늘어나자 숙박비가 더 무서워지기 시작했다. 그래, 모텔이라는 곳에 묵어보자!

새로 지방 공연이 잡혔다. 후후, 바로 오늘이 그날이로군. 비장하게 모텔 예약 사이트를 뒤졌다. 후기를 꼼꼼히 읽었다. 아무리 평점이 좋아도 '담배 냄새가 난다'고 적혀있으면 얼른 걸렀다. 공연보다 모텔에 들어가는 게 더 긴장됐다. 아무래도 좀 세(?) 보여야 하겠지. 모텔에 자주 다니는 사람처럼 고개를 빳빳하게 들고 자연스럽게 행동하자. 하지만 막상 모텔에 들어가니 상상했던 음습한 곳이 아니었다. 심드렁한 사장님이 이름이 뭐고 어디서 예약하셨냐고 물을 뿐이었다. 심지어 한복 입은 사람이 왔다고 놀라지도 않았다. 주신 카드키를 들고 올라갔다. 조금은 어두운 복도를 지나 방문을 열었다. 오. 방이 이렇게나 큰데 저렴하다니. 세심히 고른 나의 하루 방은 아주 만족스러웠다. 우리 집 두 배는 될 것 같은, 냉장고만 한 텔레비전을 좀 보다가 까무룩 잠들었다.

그때부터 모텔 예약 사이트의 VIP가 되었다. 이제는 사진을 석 장 이상 찍고 후기를 200자 이상 써서 올리면 주는 포인트도 야무지게 받아먹는다. '자주 지방 출장을 다니는 사람입니다'로 시작해서 자세히 후기를 썼다. 나만의 기준을 설정해서 좋은 모텔을 골랐다. 나는 일단 담배 냄새가 나지 않고 깨끗하며 밝은 곳이 좋다. 욕조는 어차피 물이 아까워 쓰지 못하니 상관없다. 방 크기도 상관없다.

모텔 중에 특이한 곳도 있다. '무인텔'이다. 희한하게
도 산 중턱에 많이들 있다. 1실 1주차장이라 혹시 늦
으면 주차 공간이 없을까 동동거리지 않아도 된다. 1층
주차장에서 캐리어를 들고 낑낑대며 계단을 올라가 2층
에 묵어야 하지만 대체로 깨끗한데다가 밝아서 애용한
다. 이런 곳에 묵을 때에는 미리 저녁을 사들고 가야 한
다. 주변에 정말 편의점이고 뭐고 아무것도 없기 때문
이다. 혹시 벌레를 무서워한다면 그리 추천하지 않는
다. 산이라 그런지 벌레가 많다. 우리가 아는 그 크기
가 아니다. 산에서 좋은 공기를 마시고 싶은 분들 때문
에 이런 곳이 많나, 산에는 주인이 상주하기 어려우니
무인으로 운영되나 싶었는데, 불륜 커플들 때문이라
는 걸 알고 좀 놀랐다. 저번 보은의 한 무인텔에는 밤늦
게 도착했다. 깜깜한 산길을 계속 올라가야 해서 좀 으
스스했지만 무사히 목적지에 도착했다. 그런데 눈앞에
무인텔 대신 녹슨 장례식장 간판이 라이트에 비쳐 혼
이 빠지게 놀랐다. 알고 봤더니 숙소가 장례식장 옆이
었다. 달달 떨며 누웠지만 피곤함에 푹 잤다.
　　춘천 공연에서는 전날 공연장 바로 앞 모텔에 숙소

를 잡았다. 사장님이 매우 친절하셨다. 왜 한복을 입었는지 궁금해하셔서 이것저것 말씀드리다가 친해져 결국 사장님의 경영 철학까지 듣게 되었다. '여기에 묵는 사람들이 잘돼야 나도 잘된다'고 하시며 매일 아침 부처님께 투숙객들을 위한 기도를 하신다고 한다. 심지어 이분은 그날 내 공연도 일부러 보러 와주셨다. 충주의 한 모텔은 1층에서 무려 라면을 무료로 끓여 먹을 수 있다. 혹시 추가금을 내는 것이 아닌가 쭈뼛거렸는데, 사장님께서 몇 개든 먹어도 좋다며 사람 좋게 웃으셨다. 옆 냉장고에는 식빵과 딸기잼, 심지어 1인용 단무지까지 있었다. 덕분에 오랜만에 야식으로 라면을 먹어서 행복했다(엄마한테는 비밀이다).

대천의 한 모텔은 낡긴 했지만 창밖에 바다가 한가득 펼쳐진 곳이었다. 텔레비전 소리보다 철썩거리는 시원한 파도 소리가 더 잘 들렸다. 프런트도 넓고 환했고, 체크아웃하는 날에도 사장님께서 "편안히 잘 주무셨지요?" 하고 물어보셔서 호텔에 묵은 느낌이었다. 심지어 복도에는 클래식이 흘렀다! 순천의 한 모텔은 가는 길이 어둑하고 무서웠지만, 로비 커다란 책장에 책이 빼곡히 담겨있었다. 최근 이슈가 되었던 인기 있는 책들도 많았다. 한 권을 빌려 올라가 읽었다. 자세히 보니 책에 얇은 플래그 포스트잇이 가득 붙어있다. 나도 좋은 글귀에는 밑줄 대신 이렇게 체크하는데. 동질감이 확 들면서 숙소까지 좋아졌다.

지방 공연을 자주 다니다 보니 이번에는 꾀가 생겼다. 모텔은 어차피 다 비슷할 텐데 공연비를 최대한 남겨야 하니 기왕이면 5천 원이라도 저렴한 데에서 묵자는 생각이었다. 저번 목포에서 3만 원대의 숙소가 깨끗하고 좋았던 기억이 나서 슬슬 더 저렴한 방으로 찾게 되었다. 하지만 모텔은 5천 원~1만 원 사이에 방 컨디션 차이가 확 났다. 청주에서는 공연비가 너무 적어서 최대한 저렴한 방에서 묵었는데, 담배 냄새가 안 난다기에 믿고 갔다. 그런데 담배가 아니라 요상한 냄새가 났다. 한복에 냄새가 밸까 걱정될 정도였다. 냉장고 한편에는 성인용품 판매기가 있었고, 바닥이 좀 끈적했다. 어디였더라, 복도에 시뻘건 등이 켜져있고 벽에는 그라피티 느낌으로 여성들이 잔뜩 그려진 곳도 있었다. 너무 무서워서 후기용 사진도 못 찍었다. 이렇게나 무서워 달달 떨면서도 가격적인 장점을 포기하지 못하고 그런 방을 계속 찾았다.

그러다 어느 날 드디어 정신이 번쩍 들었는데 공주의 한 모텔이었다. 매우 저렴해서 얼른 예약했던 곳이다. 그런데 음습한 카운터에서 무언가를 슥 건네준다. 1회용 딸기잼과 쿠킹호일로 감싼 얇은 정사각형이었다. 뭐지 싶었는데 일단 방에 들어갔다. 으아… 벽에 거미줄이 걸렸는데 꺼멓다. 알 수 없는 냄새도 난다. 불을 다 켰는데도 침침하다. 생각해 보니 저 네모는 아마 식빵 같다. 숙소 소개란에 '조식 제공'을 본 것 같다. 순간 눈물이 쭙 나왔다. 나 이제는 이렇게 안 살아도 되지 않을까. 당장은 아깝게 생각되겠지만 내 행복을 위해 조금 더 쓰자.

그때부터 조금 더 보태서 다시 5~6만 원대의 모텔로 정착했다. 가끔 공연비를 좀 받는 곳이라면 에잇 기분이다! 하고 저렴한 호텔도 예약한다. 아아, 역시 돈을 더 쓰니 그 지역에 대한 이미지도 더욱 좋아지는 기분이다. 어차피 혼자 묵는데 숙박비가 아깝다는 생각이 다시 스멀스멀 들면 공주에서의 슬픈 추억을 다시 새긴다. 이렇게 가끔은 나도 나를 대접하려 한다. 혹시 다음에 공주에 공연하러 가면 이번에는 꼭 좋은 호텔을 예약해 봐야지.

5 ▪ 명주실과 말총이 맺어 준 인연들

우리 가족은 내가 세 살 때부터 이 동네에 살았는데, 아빠는 아직도 동네 사람을 못 알아보신다. 상대방이 먼저 인사하면 엉거주춤 "아아 네…" 하고 얼버무리시곤 한다. 반면 엄마는 사람을 잘 알아보시는 편이다. 길을 가다가도 "어어 저 아저씨 어디에서 본 적이 있는데" 하시는데, 알고 보면 일주일 전 들른 어디 편의점 점주님이고 하는 식이다. 안타깝게도 나는 아빠를 꼭 닮았다. 사람은 다 비슷하게 생겼다. 옷이나 머리스타일만 달라져도 못 알아본다. 텔레비전에서 자주 보는 연예인이라고 딱히 다를 것도 없다. 집에서 다 같이 영화를 볼 때 나랑 아빠는 아까 그 사람이 이 사람인지 계속 토론한다. 엄마는 가볍게 한숨을 쉬곤 전혀 다른 사람이라고 하신다. 외국 영화는 더 심하다. 사람이 다 비슷하니까 스토리 연결이 잘 안 된다.

이러다 보니 교생실습을 할 때는 정말 힘들었다. 네다섯 반의 수업을 맡았는데, 학생들이 다 교복을 입고 비슷한 머리스타일을 하고 있다. 너무너무 사랑스럽지만 다 비슷하게 생겼다. 학생들은 딱 두 번 자기의 이름을 말해준다. 다음부터는 쉬는 시간마다 우르르 나에게 달려들어 "선생님, 제 이름 뭐예요? 뭐예요?" 하고 물어본다. 만일 3초 안에 대답하지 못하면 삐쳐버린다. 이름도 예지, 지예, 지혜, 지애, 예은, 은혜, 은지, 지은… 너무너무 비슷하다.

또 누구는 외우고 누구는 못 외워도 속상해하기 때문에 조심해야 한다. 수업 자체는 그리 힘들지 않았는데 얼굴 외우는 게 제일 힘들었다. 담임 선생님들께 양해를 구해 학생들 증명사진을 받았다. 틈날 때마다 그걸 보고 '공부'했다. 하지만 증명사진과 실제 얼굴에는 꽤나 큰 차이가 있었다. 나는 혼란에 빠진다. 같은 교복과 같은 얼굴을 한 학생들이 나를 둘러싸고 "선생님, 제 이름 뭐예요…" 하는 꿈도 꾸었다. 한 사람 한 사람이 정말 소중한데 금방 기억하지 못한다니. 울고 싶었다. 하지만 각고의 노력 끝에 결국 얼굴을 다 외웠다. 그러자 짧은 교생실습이 끝났다.

그런 내가 거리 공연자가 되었다. 하루에도 수십 명의 관객과 마주하며 공연한다. 일부러 내 공연을 보러 몇 번이고 와주신 분이 계셨는데, 공연이 끝나면 인사 없이 바로 가서서 전혀 몰랐다. 나중에 약간 낮이 익은 듯해서 망설이다 혹시 우리 어디에선가 만난 적이 있는지 여쭈었더니 매번 공연을 보러 온다며 지금이 한 대여섯 번째라고 하셨다. 관객이 적을 때도 처음부터 끝까지 다 계셨다는데 정말 감사하고 죄송해서 몸 둘 바를 몰랐다.

저번에 어디 거리에서도 내 공연을 보고 함께 오래 대화도 나누었다며 인사해 주시는 분들도 있다. 그럴 때마다 반가우면서도 조금 슬프다. 내가 먼저 알아보고 인사해 드리면 좋을 텐데. 듣기로는 아이돌 중에 팬사인회에서 예전에 왔던 팬을 알아보고, 전에 스치듯했던 대화를 이어가는 분이 있다고 한다. 나는 그 아이돌의 외모보다 그 능력이 가장 부럽다. 소중한 분들을 알아보는 능력을 나도 갖고 싶다.

담당자님이나 사회자님, 음향 감독님들 얼굴도 못 알아봐서 큰일이다. 공연 전에 눈을 마주하고 오래 대화를 나누었는데도, 잠깐 어디 다녀오시거나 사람들 사이에 계시면 그분을 못 찾아낼 때가 있다. 이 일을 오래 하다 보니 예전에 만났던 분을 생각지 못한 곳에서 뵙기도 한다. 중랑구에서 뵌 음향감독님을 저 멀리 제천의 축제에서 뵙는 등이다. 안 그래도 사람을 못 알아보는데 예상치 못한 곳에서 마주하면 더욱 그렇다.

보통은 상대방이 먼저 나를 알아봐 주신다. 한복 입고 깨방정을 떨며 해금을 켜는 공연자는 그리 흔하지 않기 때문이다. 내가 못 알아보면 농담으로 서운하다고 하실 때도 있는데, 나는 스스로에게 서운하다 못해 서럽다. 예전에 그렇게나 신나게 대화해 놓고서 얼굴도 기억하지 못하다니. 저번 인천에서 뵌 한 담당자님하고는 성격이 정말 잘 맞았다. 금방 친해져서 까르르하며 수다도 떨었다. 연주 마치고 다녀오라며 근처 맛집도 알려주셨다. 나는 그새 정이 들어 그분의 얼굴을 꼭 기억하고 싶었다. 그래서 같이 사진이라도 찍고 가끔 다시 보며 외우고 싶었다. 혹시 이상해 보일까 봐 그러지는 않았는데 지금은 후회한다. 다시 그분을 만나도 나는 먼저 알아보지 못할 것이다. 그게 정말 슬프다.

이걸 고치기 위해 얼굴을 잘 외우는 친구에게 비결을 물어보기도 했다. 친구인 '개미'는 사람을 정말 잘 알아본다. 스친 사람들도 다 기억할 정도다. 하지만 개미는 그게 좋지 않다고 한다. 반가운 마음에 먼저 인사했다가 그쪽이 전혀 모르는 눈치여서 상처받은 적이 많다는 것이다. 그래서 요새는 얼굴을 알아도 친소에 따라서 대충 모르는 척한다고 했다. 잘 알아보는 비결을 물으니 별건 없고 그냥 보면 바로 외워진단다. 그러고 보니 엄마도 비슷하게 말씀하셨다. 역시 그건 재능의 영역인가 보다.

그러면 내게는 노력밖에 없다. 그래서 사람을 볼 때마다 뇌에 힘을 주고 이목구비의 조합과 특징을 자세히 살펴보았다. 사람 좀 잘 알아보게 해달라고 기도도 열심히 했다. 그러자 이제는 새로 만나는 모든 사람들이 다 예전에 만났던 것 같은 느낌이 들어버렸다. 저번에는 저어기 멀리에서 낯익은 아저씨가 손을 흔들길래 내 팬이신 줄 알고 반가이 다가가 오랜만에 뵙는다며 인사드렸다. 그런데 뒤에 오는 사람에게 인사하시는 거였다. 분명히 얼굴이 익숙했는데. 민망했다.

모든 것에는 장단점이 있다는데, 사람을 못 알아보는 것에는 장점이 없는 듯하다. 유괴당했을 때 범인을 보면 죽을 가능성이 높으니 최대한 범인과 눈을 마주치지 말라는 말을 본 적이 있다. 만일 내가 어쩌다 범인을 봤지만 '나는 사람을 기가 막히게 못 알아본다'고 주장하면 살 수 있을까. 겉으로 표시가 나는 게 아니니 범인이 그걸 믿을지도 의문이다. 그러면 나는 기억도 못하는 범인 얼굴을 봤다고 죽은 억울한 사람이 되는 것이다.

사람을 구별할 때 뇌 용량을 꽤 많이 사용할 테니, 혹시 나는 대신 다른 것들을 뇌에 더 담을 수 있지 않을까? 혹은 남들보다 뛰어난 부분이 있을 것이다. 다행히 나는 곡을 금세 익히고 아는 곡이면 바로 해금으로 연주할 수 있다. 형태소 분석도 잘한다. 고전시가나 심리학 용어도 많이 기억한다. 생각해 보니 해금이나 전공 같은 쪽은 금방 외운다. 그 외에도 잘하는 건 많다. 어디에서든 화장실을 잘 찾는다. 바깥에서뿐 아니라 건물에 들어가서도, 평소에 자주 갔던 것처럼 빠르고 자연스럽게 화장실을 찾아 들어갈 수 있다. 베이킹도 꽤 잘한다. 부모님께서 내가 만든 초콜릿이 아니면 안 드실 정도다. 침선도 제법 한다. 알고 보면 잘하는 것도 많다. 하지만 다다익선이라고, 나는 정말 사람도 잘 알아보고 싶다.

가끔 연주 마치고 관객분들과 수다 떨며 더욱 친해질 때가 있다. 그분들이 사인을 요청하시기도 하고 함께 사진을 찍자고도 하신다. 나중에 유명해지면 꼭 알아봐 달라고 하시는데, 나는 아유 그럼요! 하고 대답하지만, 한편으로는 벌써 슬프다. 모두와 정이 포옥 들어버렸는데 다른 곳에서 만나면 알아보지 못할 것 같아 두렵다. 언젠가 정말 유명해졌는데 그분들을 못 알아보면 연예인 병 걸렸다고 생각하시는 게 아닐까. 여러분, 저 연예인 병 걸린 것 아니에요. 모두를 기억할 수 있도록 더욱 노력할게요.

거리 공연도 공연이고, 거리도 무대다. 음향 세팅부터 정리까지 혼자 다 해야 할 때도 있지만 보통은 보이지 않는 곳에서 도와주시는 분들이 있다. 마치 커다란 콘서트장에 공연자만 전면에 비춰지지만, 보이지 않는 곳에서 수백 명의 스태프들이 함께하는 것과 비슷하다. 거리 공연을 함께 만드시는 분들을 소개한다.

일단 나를 섭외한 담당자님이다. 구청 주무관님일 수도 있고, 문화재단의 주임님(아… 자꾸 '주인님'으로 발음하게 된다)일 수도, 공연 대행사의 PD님일 수도 있다. 보통은 공연에 직접 와주신다. 만일 민원이 발생하면 나서서 도와주시기도 하고, 관객들이 적으면 민망해하며 호응을 유도해 주시기도 한다. 존재 자체로 든든하지만, 한편으로는 뭔가 좀 무섭다. 내가 이번에 잘해야 다음에도 나를 불러주실 텐데. 괜히 나를 바라보는 눈빛이 날카로운 것 같기도 하고 뭔가 좀 못 미더운 표정인 것 같기도 하다. 어떻게든 사람들을 많이 끌어모아야 할 것 같아 식은땀이 줄줄 난다. 모인 사람들의 수가 내 실적이 되는 기분이다.

이분들은 보고용으로 사진을 찍으시기 때문에 내가 예쁘게 보이고 말고는 크게 상관이 없다. '이 공연에 이렇게 많은 사람이 모여서 즐겼다'가 포인트이기 때문에, 나는 참깨만 하게 나오는 경우도 많다. 나도 다음에 지원서류를 쓸 때 필요하니까 담당자님께 사진을 보내달라고 미리 부탁드려 놓는다. 조금 더 욕심을 부리면 내가 크게 나온 사진도 조금 부탁드린다.

정말 내 음악에 관심 있으신 분도 계시지만 그렇지 않은 분도 있다. 초반에 사진만 찍고는 휴대폰만 하실 때도 많다. 그렇다고 실망하지는 않으려 한다. 이분들은 황금 같은 주말에도 눈물의 근무를 하는 중이다. 나라도 공연이 끝나기만 기다릴 것 같다. 그러니까 무표정으로 팔짱을 끼고 계시더라도 너무 슬퍼하지는 말도록 하자.

　가끔 영상팀이 함께하기도 한다. 주최 측에서 영상이 필요해서 보내시는 경우인데, 평소에는 절대 바랄 수 없는 어마어마한 장비로 찍어주신다. 큰 공연에는 대부분 계시지만, 작은 거리 공연에도 오실 때가 있다. 그러나 이분들도 '은한'의 '음악'에 관심 있는 것이 아니다. 그냥 오더를 받아 '공연 팀'의 '공연 모습을 찍는 것'이다. 그래서 초반에만 찍고 가버리시는 경우도 많다. 나는 공연의 기승전결을 중시하는 편이라 초반에는 느린 곡들부터 연주하는데, 눈 감고 연주하다가 보면 이분들은 벌써 나를 다 찍고 사라지신다. 중반부터 신나는 곡들도 하고, 관객 속으로 걸어가 호응 유도도 하는데 그때까지 계시는 분들은 거의 없다.

　그래서 영상팀이 오시면 언제까지 나를 찍어주실 건지 여쭤봐야 한다. 하지만 공연 직전의 정신없는 공연자는 매번 거기까지 생각하지 못한다. 첫 곡만 열심히 찍으시고 사라지시는 분들의 등짝을 눈물로 바라볼 뿐이다. 게다가 연주 중간에 가시기 때문에 '다음 곡이 신나니 그것까지만 찍고 가시라'고 외치기도 그렇다. 영상팀이 있으면 신나고 호응 좋은 곡부터 하면 되지 않느냐고 할 수도 있다. 하지만 영상팀이 올 것이라는 언질을 공연 전에 받은 적이 거의 없다. 공연을 시작하고 정신을 차려보니 나를 찍고 계시는 것이고, 나는 이미 음향 감독님께 첫 곡이 무어라고 말씀드려 버렸다. 그러니까 뭔가 또 어버버하게 지나가 버리고, 나는 눈물을 흩뿌린다.

비싼 카메라에다가 짐벌같이 엄청난 장비로 자연스럽게 움직이며 찍어주시기 때문에 나에게는 정말 좋은 자료가 되지만, 그걸 받아본 기억은 손에 꼽는다. 담당자님께 부탁드려 놓지만 영상이 어디쯤에서 도망가는지 나에게까지 그 고운 영상이 오는 건 참 어렵다.

다음으로는 음향감독님들이 있다. 이분들의 실력은 무대와 반드시 비례하지 않는다. 말 그대로 길바닥에서 공연하는 건데도 깜짝 놀랄 만큼 소리를 잘 잡아주시는 분들이 많이 계신다. 하지만 가끔은, 아주 가끔은 그렇지 않은 분들도 있기는 하다. 그분들은 커다랗지만 한눈에 보기에도 오래된, 먼지 앉은 장비를 가져오신다. 자꾸 하울링이 난다. 괜히 내 탓을 하신다. 그러면 당장 공연이 코앞인데 식은땀이 줄줄 난다. 해금은 좀 째긋째긋한 소리가 나는 악기라 보통 고주파수 영역을 좀 줄여달라고 부탁드린다. 그리고 보드라운 소리가 나도록 리버브를 조금 넣어달라고 한다. 그런데 아랑곳없이 건조하게 끽 찢어지는 소리가 나게 세팅하시는 분도 있다. 혹은 고주파수를 너무 깎으셔서 그런 건지 속이 빈 허망한 소리가 날 때도 있다. 리버브가 뭔지 모르시는 분도 보았다. 내가 가서 믹서를 직접 조작할까 하다가도 실례가 될 것아 가지 못한다. 공연을 시작하기도 전에 지쳐버리고 만다. 해금은 삐에엑거리고, 그 와중에 반주 소리도 들쭉날쭉하다. 앰프의 문제인지 반주의 베이스가 사라지는 경우도 보았다. 곡이 날아다닌다. 하지만 나는 웃으면서 아무 일 없는 듯이 공연해야 한다. 어떤 상황이라도 최선을 만들어 내야 한다.

그러나 그렇지 않은 분들이 훨씬 더 많다. 리허설을 했는데 마음에 쏙 드는 소리가 나면 일단 공연자는 기분이 쪽 째진다. 공연비라든가 공연 규모라든가 하는 건 두 번째다. 따로 말씀드리지 않아도 센스 있게 딱 내가 원하는 소리로 맞춰주시는 분들도 있다. 그러면 아무튼간 큰돈을 벌어갖고 저분을 내 전속 음향감독님으로 모시고 싶은 생각이 든다. 가끔 리허설이 일찍 끝날 때 그분들과 대화하면 음향을 자세히 설명해 주신다. 해금은 보통 어떤 헤르츠가 튀는데 그걸 좀 누르면 된다는 등이다. 요즘은 핀마이크를 사용하여 걸어 다니면서 연주하기 때문에 음향감독님의 역할이 훨씬 커졌다. 무대를 넘어 관객 쪽으로 가면 하울링이 나는 경우가 많기 때문이다. "제가 이러이러하게 움직일 건데 괜찮을까요?" 하고 여쭈면 어떤 감독님들은 자신 있게 "은한 씨가 어떻게 다녀도 내가 다 하울링 잡아낼 거니까 걱정 말고 편하게 다녀요!" 하신다. 으아아 감동의 눈물. 공연자는 마음이 다 푸근해진다. 이런 분들은 가져오시는 핀마이크 자체가 다르다. 가격을 물어보면 그게 웬만한 연습용 해금 한 대 값일 때도 있다. 장비만 봐도 벌써 행복하다.

조명감독님들도 가끔 뵐 수 있다. 아무래도 내가 걸어 다니면 좀 싫어하신다. 조명에서 벗어날 수도 있기 때문이다. 그래서 리허설 때 내가 어디까지 가면 어떻게 비춰지는지 여쭤보는 것이 좋다. 나는 조명 쪽은 잘 모르지만 조명이 정말 중요하다는 것은 알 것 같다. 어떤 곳에서는 원색의 조명을 콱 쏘셔서 나는 눈이 멀어 버리고, 사진은 '파은한, 초은한 빨은한'으로 나오는 경우를 가끔 본다. 나중에 사진을 보면 내 눈코입이 다 사라져 버리는 마법이 일어나기도 한다. 하지만 은은하면서도 효과적으로, 공연을 환상적으로 만드시는 분들이 훨씬 많다. 뒤에 스크린을 띄워주시는 경우도 있는데, 미리 말씀드린 곡에 맞는 영상을 찰떡같이 틀어주신다. 공연에 역동적인 요소를 넣어주신다는 것이 정말 감사하다. 나는 공연하면서 뒤를 보지 못하니 공연할 때는 알지 못했지만, 삼각대에 찍힌 영상을 보면 감탄할 때가 많다.

하지만 무엇보다도 함께 공연을 만드는 분들은 관객들이다. 내 작은 이야기에 까르르 웃고, 퀴즈 하나에 열정적으로 손을 들고, 신나는 곡에는 박수 치면서 공연을 즐겨주시는 관객분들. 나는 그분들의 눈빛만으로도 마음이 토닥여지는 기분이 든다. 물론 그 뒤에는 관심 없는 담당자님과 사라져 가는 영상감독님, 잔뜩 긴장해서 나를 째리는 음향감독님과 조명감독님이 보이지만 나는 공연을 함께 만드는 모든 분들을 믿는다. 그리고 오롯이 관객들과 이 순간을 즐긴다.

거리 공연은 말 그대로 '거리'에서 하는 공연이기 때문에 거의 야외에서 진행된다. 하지만 실내에서 공연하는 곳도 좀 있다. 그중 대표적인 것이 서울시청 지하 1층 무대에서 공연하는 '활력콘서트'다. 오디션에 합격하면 '시민청 예술가'로 활동할 수 있고, 아주아주 아주 적지만 공연비도 준다. 특이하게도 관객이 고정적이다. 거의 어르신들이다. 지하철을 무료로 이용하실 수 있으니 서울시청 지하에 오셔서 공연을 보는 것이 일과이신 분들이다. 매일 저 멀리 아산에서 오시는 분도 있다고 들었다. 이분들은 서울의 거리 공연 일정을 다 꿰고 계신다. 평일 12시부터 1시까지는 시민청 공연, 3시에는 돈의문 거리 공연 이런 식이다. 다들 일찍 나오

셔서 서로 악수하며 안부를 물으신다. 도착한 나에게
도 친근하게 인사를 건네신다. 매번 비슷한 옷을 입고
나오시고, 몇 년간 뵌 분들이기 때문에 나도 조금은 얼
굴을 익혔다. 더욱 반갑게 인사드린다.

공연이 시작된다. 이분들은 원하는 바가 뚜렷하다.
무조건 신나는 곡이어야 한다. 해금으로 연주할 수 있
는 구슬픈 곡들이 많지만 여기에서는 그저 신나는 트
로트가 최고다. 그것도 흘러간 옛 트로트여야 더욱 반
응이 좋다. 꼭 두어 분은 무대에 나와 함께 춤추신다.
팔을 이리저리 돌리시는 분도 있고, 무릎 괜찮으신가
싶게 앙상한 무릎을 번갈아 획획 들어 올리며 춤추시
는 분도 계신다. 아주 마르신 분들이 대부분이다. 하지
만 땀까지 흘려 가며 열정적으로 이 무대를 즐겨주신
다. 후반부에는 꼭 진성 선생님의 〈안동역에서〉를 연주
한다. 맨 앞줄에 앉은 할아버님이 항상 작은 '진성 플래
카드'를 들고 다니시기 때문이다. 이 곡을 연주하면 그
걸 배낭 안에서 익숙하게 꺼내셔서 신나게 흔드신다.
연주 마치고 인사드리러 가면 오래전 진성의 콘서트에
다녀오신 이야기를 들을 수 있다. 이미 몇십 번은 들어

외울 정도지만 그래도 맞장구치며 들어드린다.

가끔 신청곡이 들어온다. 나는 잘 모르는 아주 오래 된 곡들이 많다. 그래도 제목을 적어놓고 다음 달 즈음 까지는 외워서 들려드리려고 한다. 보통 관객분들이 말씀 주시는 신청곡은 그분을 다시 만나지 못할 확률 이 높아 어떻게 들려드리지 싶은데, 이분들은 그럴 걱 정이 없다. 항상 그 자리에 계시기 때문이다. 가끔 손녀 같다며 나를 껴안으려는 분도 계시는데, 그런 돌발 상 황 역시 기존에 계시는 분들이 큰 소리로 욕하며 쫓아 내 주신다. 아주 든든하다.

1, 2호선 시청역 말고도 서울 북부에 삼각산시민청 이 생기면서 그곳에서도 '삼각산시민청예술가'를 선발 했다. 같은 시민청이지만 느낌이 매우 다르다. 여기에 도 고정 관객분들이 많은데, 분위기가 꽤 조용하다. 일 단 할머님들의 비율이 높다. 소녀 같으신 분들이라 인 사드리면 부끄러워하면서도 매우 좋아하신다. 함께 나 이 든 따님의 손을 꼭 붙잡고 같이 오는 분도 계신다. 연주를 마치고 인사드리러 가면 한참 수다를 떨고 싶 어 하신다. 어렸을 때는 이런 고운 소리를 내는 악기를

해보는 것이 꿈이었지만, 세월에 치여 한참을 그리워만 했다며 이렇게 가까이에서 들으니 행복하다는 말씀들이다.

저번 설에는 103세 할머님께서 고운 한복을 입고 휠체어를 타고 오셨다. 〈희망가〉같이 오래된 곡들을 들려드리니 아주 좋아하셨다. 함께 사진을 찍는데 알 수 없는 눈물이 핑 돌았다. 항상 모자를 벗고 90도로 인사해 주시는 할아버님도 계시다. 매달 초에 공연 일정이 게시되는데, 내가 연주하는 날을 기억해 두었다가 아무리 날이 덥거나 추워도 보러 오신다고 했다. 한참 어린 나에게도 기품 있는 목소리로 '선생님'이라 부르며 존대해 주신다. 여기는 시청역 시민청보다도 공연비가 적고 이동시간도 한참이지만, 다정한 분들을 떠올리며 매번 신청했다. 아름다운 순간들이다.

담당자님들도 두 군데 다 친절하시다. 여러 번 함께 공연을 진행해 보았으니 필요한 물품들도 척척 다 준비해 주신다. 그러면서도 혹시 불편한 것은 없는지 물어와 주신다. 바쁘신 와중에 사진기록도 남겨주신다. 심지어 음향시설도 매우 좋다. 가끔 다른 공연장에서는 음향이 좋지 않아 고생할 때도 있는데, 여기에서는 안심하고 연주할 수 있다. 시청 시민청에서는 매년 세밑, 시민청예술가 감사의 밤을 개최했다. 한 해의 기록, 맛난 음식들, 기념품들과 함께 올해도 덕분에 행복했다는 말들을 전해주신다. 감사하게도 2021년에는 여기에서 활동한 공로를 인정받아 서울시장 표창장도 받았다.

하지만 여기도 코로나를 피해갈 수 없었다. 실내 공연이라 더욱 그랬다. 코로나가 창궐하자마자 시청역 공연은 바로 사라졌다. 장소도 폐쇄됐다. 대신 뮤직비디오를 찍어주는 사업으로 대체되었다. 나도 코로나 때문에 집 밖에 나가지 못하면서도, 공연 때마다 춤추시던 할아버님들을 생각했다. 그분들은 어떻게 지내고 계실까. 연세가 많으신데 별일 없으시겠지. 분명 심심해하실 텐데. 뵙고 연주 들려드리고 싶다.

그래도 삼각산시민청예술가 공연은 간신히 명맥을 이어오고 있었다. 관객을 만나지는 못해도 시민청에 가서 영상을 찍어 올리는 방식으로 진행되었다. 코로나가 끝난 후에는 관객을 다시 뵐 수도 있었다. 하지만 최근 예산 부족으로 제도 자체가 허망하게 사라지고 말았다. 소녀 같으신 할머니들도, 일정을 확인해 나를 보러 오신다던 할아버지도 다시 만날 수 없었다. 알고 보니 그곳에서 음향을 맡아주시던 담당자님들도 다 계약직이셨다. 그것도 1년을 다 채우지 못하는 방식의 계약이었다. 어쩐지 담당자님이 자주 바뀐다 싶었다. 코로나가 지나간 후 시청 시민청은 공연자를 다시 선발했다. 하지만 모집인원이 말도 안 되게 줄어들었다. 공연 횟수도 원래는 매주 화~목 점심에 두 팀씩, 주말에는 네 팀씩 하던 것이 대략 주 1회 정도로 줄었다. 올해부터는 활력콘서트 자체가 사라졌다고 한다.

감히 국가의 운영을 논하기는 어렵지만, 내가 가까이에서 보았던 노인복지는 이런 것이었다. '내일의 일정'을 만들어 드리고, 어르신들끼리의 네트워크를 형성시켜 드리는 것. 그래서 어르신들을 행복하게 해드리는 것. 더불어 시민청에서 근무하시는 분들의 고용도 안정시켜 드리면 좋겠다. 모든 시민을 위한 문화장소가 많이 생기고, 일상을 사는 모두가 거리 공연으로 문화예술을 편하게 즐길 수 있으면 한다.

전통시장 공연에 갔다. 세일 행사 공연이다. 3만 원 이상 구매한 영수증을 응모함에 넣어두고 경품 행사를 진행한다. 나는 사전 공연을 맡았다. 흥겨운 트로트를 신나게 연주한다. 그런데 웬 아주머니께서 이쪽으로 뛰어오신다. 어, 관계자신가? 뭔가 문제가 생겼나? 생각을 채 마치기도 전에 나에게 달려들어 멘트용 마이크를 뺏어 들고 걸쭉하게 노래를 부르신다. 그런데 내 마이크는 스위치를 올려야 소리가 난다. 소리가 나지 않자 "어, 이거 왜 이래?" 하시더니 내 앰프의 전원을 땅! 꺼버리신다.

순간 반주도 해금 소리도 다 꺼지고 정적이 흐른다. 아주머니는 당황해서 "어… 아닌가?" 하시더니 다시 앰프 전원을 켜시곤 후다닥 사라지셨다. 혼이 빠지게 놀랐다. 그렇지만 어쩌겠는가, 얼른 정신을 차리고 "아하하… 어머님께서 굉장히 신나셨나 보네요. 함께 즐겨주셔서 감사합니다"였는지 뭐였는지 아무 말을 하고 다시 별일 아니었다는 듯이 공연을 이어갔다. 해금을 어떻게 켰는지 모르겠다. 집에 가는 길에서야 앰프에 손상이 갔을지도 모른다는 생각에 화가 났다. 앰프 채널 게이지를 다 내리지 않고 바로 끄면 앰프에 손상이 갈 수 있기 때문이다. 하지만 그걸 바로 깨달았다 해도 공연을 중단하고 그분한테 따지러 갈 수도 없었다.

아무래도 거리 공연에서는 구별된 공연장소가 없다 보니 이런저런 일들이 많이 생긴다. 어디 쇼핑몰에서의 공연이었는데, 아이들이 해금이 신기하다며 연주하는 중에 다가와 악기를 때리고 함부로 만졌다. 부모님이 어디 계신가 봤더니 저어기 멀리에서 함께 커피를 드시며 흐뭇하게 이쪽을 보고 계신다. 그땐 앉아서 연주하고 있었는데 마이크는 여기 있고 나는 도망갈 수도 없었다. "아… 악기를 소중히~~!!" 하면서 어설프게 해금을 보호하며 연주했다. 결국 아이가 마이크 스탠드를 넘어뜨렸다. 소리는 쿵- 하고 울렸고 아이가 놀라 울었다. 그제야 부모님이 달려오셨다. 내게는 한마디 없이 아이가 다쳤는지만 걱정하신다. 아. 갑자기 부모님이 보고 싶다. 나도 엄마아빠 있다고요.

연주 중에 다가와 말을 거시는 건 기본이다. "아, 이게 아쟁인가 해금인가? 내가 이 노래 가락을 참 좋아하는데 말이야. 이 곡이 내가 젊은 시절에 많이 불렀던 곡이거든. 그… 이 노래는 연주할 줄 아나?" 그런데 일단 대답도 신청곡 연주도 이 곡이 끝나야 할 수 있다. 나는 당황스러움에 일그러진 웃음을 지으며 간신히 "이… 이따가 말씀드릴게요~"를 외친다. 안 그래도 집중해야 음을 잡는데 이럴 때는 해금 소리도 같이 흔들거린다.

새내기 공연가 때의 일이었다. 어둑한 저녁, 눈을 꼭 감고 연주하는데 순간 술 냄새와 함께 뺨에 이물감이 확 느껴졌다. 눈을 떠보니 웬 취객이 내 뺨에 자기 뺨을 대고 사진을 찍는 것이다. 맞은편에는 일행들이 환호하며 박수 친다. 다들 거나하게 약주를 자셨다. 곧이어 "뽀뽀해! 뽀뽀해!" 하며 신나한다. 그때의 나는 어떻게 해야 지혜로운 것인지 몰랐다. 다른 관객들도 보고 있으니 연주는 일단 해야 한다. 이 곡이 끝나고 뭐든 화를 내자. 꾹 참고 연주하는 동안 취객들은 돌아가며 내게 뺨을 부비곤 그 곡이 끝나기 전에 다들 우르르 도망갔다. 한 관객이 괜찮으시냐며 다가왔다. 너무 놀라서 눈물만 주르륵 나왔다.

나중에 들어보니 혼자 공연하는 여성 거리 공연자는 성추행을 당하는 일이 종종 있다고 한다. 어떤 분은 실력이 출중한 기타리스트인데, 거기에 충격을 받고 다시는 거리 공연을 하지 않는다고 한다. 그 외에도 거리 공연자 커뮤니티에는 무서운 이야기들이 가끔 들린다. 검은 옷의 체구가 큰 남성분이 여성 공연자에게 자꾸 머리를 귀 아래로 묶으라며 머리끈을 건네주어 생각 없이 묶었는데, 그게 그분의 성적 흥분을 유도하는 것이었단다. 그걸 인지하고 머리를 풀어버렸더니 그 큰 체구로 난동을 피워서 공연이 쑥대밭이 되었다고 한다. 그 외에도 사진을 찍어달라며 착 붙어서 어깨나 허리에 손을 올리는 일들은 자주 있는 일이다.

한여름, 여수에서 저녁 공연이 있어 낮에 멀리서 바다를 보며 평화로운 시간을 보냈다. 문득 검색창에 나를 검색해 보았다. 그런데 누구나 쓸 수 있는 오픈사전에 내가 등재되어 있었다. 국악을 전공하지도 않았는데 국악인인 척 속이고 활동한다는 내용이 원색적인 비난으로 적혀있었다. 어차피 국악 전공자가 아니라는 건 여러 인터뷰에서 말했었지만, 그걸로 나에게 그렇게나 악의를 품은 사람이 있을지 몰랐다. 순간 머리가 하얘졌다. 몸이 떨렸다. 오픈사전 내용 지우는 방법을 검색해서 해당 부분을 지웠다. 그랬더니 몇 분 후 기다렸다는 듯이 해당 내용은 그대로 복원되고 더 원색적인 비난으로 점철되기 시작했다. 내 공식 유튜브가 아닌 몇 년 전의 조회 수도 적은 영상을 나의 대표 영상이라고 올렸는데, 댓글이 딱 하나 있었다.

'이 사람은 전공자가 아닌가 봐요. 소리에 깊이가 없어요.'

그 아이디의 활동 내역은 그 댓글밖에 없었다. 댓글을 단 시기도 영상이 올라온 때가 아닌 오픈사전에 내가 등재된 무렵이었다. 오픈사전 측에 '은한' 페이지를 삭제 요청했다. 한 달까지 이의제기가 들어오지 않으면 영구 삭제될 것이다. 그러나 한 달이 지나 삭제된 다음 날, 해당 내용은 그대로 복원되었다. 그리고 그 사람의 아이디 소개란에는 [해금 연주자 은한: 대중의 평가를 두려워하는 대중 예술가는 자기기만에 둘러싸인 겁쟁이에 불과하다. 그런 인간은 대중 예술가라 불릴 자격이 없다. 당신의 뜻대로, 당신은 오픈사전 문서에 등재될 자격이 없다]라고 써놓았다. 말이 맞지 않는다. 혼자만의 의견인 것 같은데 대중의 평가라니. 그리고 내 뜻대로라면서 자격이 없다는 건 또 무슨 말인가. 한 번 더 삭제 요청을 해서 페이지를 지웠다. 그런데 이제는 내 페이지가 아니라 '고유명사 은한(은하수)' 페이지를 새로 만들고, 마지막에 '해금 연주자 은한'을 넣었다. 그러면 내가 삭제 요청을 할 수 없다는 것을 노린 것이다.

국악을 전문적으로 배운 국악인이 아니라며 연주 실력은 전문연주자들에 비하면 그저 그런 수준이고, 이를 본인도 잘 아는지 공연 때는 특유의 입담과 친화력으로 진행하는 편이라고 써놓았다. 그는 버스킹 란에도 뜬금없이 '특히 연주 버스킹의 경우 해당 악기나 음악 장르를 전공한 전공자들이 아닌 사람도 버스커로 활동하고 있다. 부족한 연주 실력을 개인의 진행 능력이나 관객과의 소통으로 커버하기도 한다. 이들 중에는 특정 장르(국악, 클래식 등)와 관련된 연주를 전혀 하지 않음에도 마치 특정 장르 연주자인 것처럼 스스로를 홍보하며 활동하는 이들도 몇몇 존재한다'고도 썼다. 적어도 거리 공연을 해본 적 없는 분인 것은 알겠다. 거리 공연에서 진행 능력이나 소통이 얼마나 중요한지 모르시는가 보다. 지금은 '국악기 연주자이지만 국악을 전문적으로 배운 적이 없고, 국악 기반 연주 활동을 하지 않기에 엄밀히 따지면 국악인은 아니다'라고 되어있다.

나는 스스로를 '국악인'이라고 칭한 적이 없다. 내가 국악인 행세를 하고 싶었다면 처음부터 인터뷰 등에서 당당히 내 전공을 밝히지 않았을 것이다. 또한 국악을 전공한 사람들도 '전통 국악' 쪽 활동을 하지 않고 나같이 가요 연주를 즐겨 하시는 분들도 많다. 반대로 국악을 전공하지 않고도 '전통 국악' 활동을 하시는 분도 많다. 국악대회에도 '신인상'이라고, 전공하지 않은 사람을 위한 부문이 따로 있다. 그만큼 국악은 열려있다. 그런데 왜 이 사람이 나에게 이렇게 집착하는지, 나를 왜 이렇게까지 싫어하는지 알 수 없었다. 내 요청대로 나와 관련된 내용을 지워준 사람에게는 '대중을 상대로 활동하는 인물이 자신의 정보가 대중의 입에 오르내리는 게 싫다면 그 일을 그만하면 됨'이라고 써놓았다.

그분의 아이디를 찾아보았다. 그분이 맞는지는 모르겠지만 본명도, 사진도 있었고 시인으로 활동한 이력이 있었다. 그럼 그분은 국문학을 전공하셔서 시를 쓰시는 걸까. 아하, 그렇다면 국문학계의 인재가 거리 공연계로 빠져나가서(?) 서운하셨던 걸까. 아마 그분도 이 책을 찾아보실 것이다. 내게 그렇게 관심이 많으셨으니까. 그렇다면 기왕이면 사서 보시면 좋겠다. 판매 부수라도 올라가게. 이 글을 보고 곧 오픈사전에 현란한 비난글이 또 올라오겠지. 나를 검색하시는 분들은 오픈사전의 객관적인 척하는 비난글을 보고 너무 놀라지 않으시면 좋겠다.

평온해 보이는 거리 공연에도 이렇게나 다양한 일들이 있다. 일부는 웃어넘기기도 하고 어떤 것은 두고두고 기억나기도 한다. 몰라서 그러실 거라 이해할 수 있는 분도 있고 도저히 용서할 수 없는 사람도 있다. 하지만 세상일은 확률적으로 보면 좋은 것 반, 안 좋은 것 반이다. 최대한 좋은 쪽을 기억하려 한다. 삭막한 거리에 해금 소리가 울려 퍼졌을 때, 신기해하며 다가와 주시는 시민들, 오래오래 걸음을 떼지 못하고 들어주시는 아주머니. 해금이 이렇게 고운 소리일 줄 몰랐다는 어르신, 연주에 맞춰 다당실 춤추는 아가들까지. 나는 속상한 순간보다 이 아름다운 순간들을 기억하고, 오래오래 사랑하며 다시 열어볼 것이다.

공연장에 일찍 왔는데 앞 팀이 공연하고 있다. 혹은 공연을 마쳤는데 다음 공연 팀이 있다. 아주 바쁜 게 아니라면 한 곡이라도 들으면서 혼신의 호응으로 바람잡이를 한다. 최대한 관객이 많아 보이면서도 공연자도 잘 보이게 각도를 잘 잡아서 사진을 찍는다. 뒤 현수막과 함께 공연자도 크게 몇 장 찍는다. 관객이 나와서 같이 춤춘다면 그 순간도 놓치지 않는다. 조금 더 신경을 쓴다면 관객과 함께하는 영상도 역동적으로 찍는다. 그러곤 살짝 목례하고 최대한 남들 눈에 띄지 않게 샤샤샥 퇴장한다. 그날 저녁쯤 사진을 그분께 보내드린다. 이것이 거리 공연자끼리의 암묵적인 예의다. 거리 공연자는 멋진 기록이 남지 않는 경우가 많으니 우리

끼리라도 사진과 영상을 나눈다. 같은 처지니 서로가 어떤 느낌의 사진을 원하는지 잘 알고 있다. 그래서 친한 공연자와 앞뒤 시간으로 공연하는 것을 알면 벌써 마음이 놓인다.

'레몬시'에서 2시로 섭외 전화가 왔다. 하필 그날 3시에 '참외시'에서 공연이 있다. '참외시' 공연 라인업을 보니 3~6시 공연이고, 총 여섯 팀이 나온다. 다 아는 팀이다. '참외시' 담당자님께 전화해서 호옥시 다른 팀과 조율하면 공연 시간을 변경할 수 있는지 조심스레 여쭌다. 가능하다는 대답이 돌아왔다. 얼른 다른 공연 팀에게 전화한다. 고맙게도 처음 전화한 팀에서 기꺼이 바꿔주겠다고 한다. 감사한 마음에 기프티콘을 보내드린다. 담당자님께 상호 조율되었다고 말씀드린다. 나도 가끔 다른 팀에게 혹시 공연 시간을 바꿔줄 수 있느냐는 전화를 받는다. 다른 일이 없다면 중간에 시간이 뜨는 한이 있더라도 최대한 바꿔드린다.

공연자들끼리는 이렇게 최선을 다해 서로 돕는다. 자신이 같은 일로 배려받을 일도 분명히 생기기 때문이다. 다정한 공생관계. 새로운 공연 팀을 만나면 반갑게 인사드리고 번호를 받아둔다. 그러면 사진을 보내드리기도 쉽고, 언젠가 공연 시간을 조정할 일이 있을 때 연락드릴 수 있기 때문이다. 그러다 보니 나에게 혹시 이 팀 연락처를 아는지, 안다면 보내줄 수 있는지 묻는 전화도 가끔 온다. 그러면 그쪽에 전화해서 연락처를 드려도 되는지 묻고 보내드린다. 사랑방 같은 느낌이다. 덕분에 일정이 잘 변경되었다는 연락이 오면 뿌듯하다.

공연장이 지하철이나 기차역에서 멀리 떨어진 곳일 경우, 역에서 택시 타고 오신 공연 팀이 있으면 조금 돌아서 가더라도 역까지 태워드린다. 나도 차 없이 공연 다녔을 때는 많이 얻어 타고 갔었다. 같이 가면서 이번 공연에 대한 수다도 떨고, 요즘 공연계 이슈도 나눈다. 어느덧 목적지. 다음에 또 만나자며 다정한 인사를 건넨다. 차를 얻어 탄 분은 감사하게도 기프티콘을 보내며 감사를 전한다. 내 공연을 찍은 사진도 함께다. 아아. 보송한 순간이다.

가끔 대행사에서 괜찮은 공연자를 소개해 달라는 연락이 올 때가 있다. 저번에는 아예 라인업을 짜서 보내달라고 한 적도 있다. 좀 귀찮게 생각될 수도 있겠지만 나는 이때가 제일 신난다. 동료들에게 조금이나마 도움이 될 수 있어서다. 기쁘게 전화한다. 간단한 인사 후, 몇 월 며칠 몇 시에 시간 되는지, 어디이고 공연비는 얼만데 시간 되는지 하는 본론부터 전한다. 상대방도 고마워한다. 일정을 정리하고 그 공연 팀 소개와 연락처를 대행사에 넘긴다. 누군가는 해당 공연 팀 연락처를 아예 넘기면 다음부터는 그 팀에게 바로 전화해서 섭외할 테니 안 좋은 것이 아니냐고 하는데, 나는 별로 개의치 않는다. 모두가 잘돼야 나에게도 그런 연락이 자주 올 것이기 때문이다.

공연 공모에 대한 정보는 곧 돈이다. 아무도 모르고 나만 지원할수록 합격률이 높아진다. 하지만 매번 공모를 찾을 때마다 보내주는 착한 동료 공연자가 있다. 덕분에 매번 공모를 놓치지 않고 쓴다. 들어보니 나에게뿐 아니라 친한 분들에게 그 정보를 다 보내는 모양이었다. 나는 그 이타성에 감탄한다. 다른 것도 아니고 돈이 걸려있는 것인데도 남을 먼저 생각할 수 있다니. 나도 고마워서 가끔 찾아내는 공모가 있으면 그분에게 먼저 보낸다.

처음 가 보는 공연 장소. 그런데 이전에 거기에서 연주한 공연자가 있다면 전화해서 정보를 물어본다. 거리 공연은 전혀 예측할 수가 없다. 큰 축제 공연이라고 해서 갔는데 큰 축제의 이동 화장실 앞에서 연주할 때도 있었고, 지방 도서관 공연이라 해서 작은 곳에서 조용히 대화하면서 공연하려나 했는데 별마당 도서관 느낌으로 으리으리한 곳도 있었다. 그래서 혹시 그 장소에 먼저 가 본 공연자가 있다면 정말 좋다. 때로는 담당자에게 문의하는 것보다 훨씬 정확할 수 있다. 거기 있는 앰프의 상태가 어떤지, 장소는 소리가 잘 울리는지 등 공연자만 알 수 있는 정보도 얻는다.

친한 공연자에게는 별일 없어도 전화한다. 평일 낮이어도 부담 없다. 최근 공연에서 있었던 어이없는 일들을 얘기하기도 하고 공연 정보를 나누기도 한다. 과부 사정은 홀아비가 안다고, 내 상황을 알아주는 사람과 대화하니 마음이 사악 풀린다. 한탄을 나눠도 깊이가 다르다. 유명해지기 싫은데 유명해지고 싶다며, 우리가 유명하지 않으니 이런 대우를 받는 것이라는 서

러운 우스개를 하기도 한다. 겨울이나 여름 등 비수기
에는 아예 여럿이 모여 배드민턴도 치고, 휴대폰 게임
도 하고, 맛있는 것도 먹곤 한다. 가끔 문화재단 측에서
연말에 감사의 밤 같은 것을 열어주시기도 하는데, 그
때는 다들 한자리에 모이는 것이니 더욱 눈물겹게 반
갑다. 올해도 무사히 살아남은 것을 자축한다.

거리 공연자는 많고 공모는 적다. 한정된 자리인 공
모를 두고 경쟁하는 사이라 생각할 수 있지만, 우리는
동료다. 비슷한 서러움과 환희를 공유하는 사람들이
다. 정기적으로 볼 수 없지만, 그래서 만나면 더욱 반갑
다. 서로의 성공을 기원하고 오늘도 함께 덕담을 나눈
다. 우린 올해도 잘 살아남을 거예요. 좋은 공연이 많이
생기고, 행복한 일들이 잔뜩 생길 거예요.

6 ■ 좋아하는 일과 생계 사이

오후 5시다. 오늘 그 시간에 지역 문화재단 공모 발표가 난다. 네가 5시에 온다면 나는 4시부터 초조해질 거야. 힘겹게 5시가 되고 5시 1분이 되고 6시가 된다. 결국 합격이라는 어린 왕자는 와주지 않았다. 허탈하다. 1년간 진행하는 정규공연자 모집이라 더 신경 쓴 서류였다. 저번 3년 동안은 붙여주더니 이번 3년은 내내 서류에서부터 탈락이다. 오디션을 보고 떨어지면 억울하지나 않지(아니 이것도 억울하긴 하다). 와, 이건 진짜 말도 안 된다. 뭘 더 어떻게 해야 붙여주는 거야. 서류는 합격했던 때보다 더 잘 썼는데. 국문학도가 돼가지고 서류에서 떨어진다는 게 말이 되나. 심지어 홈페이지에 올라온 합격자 명단을 보니 내가 아는 공연 팀들이 한가득이다. 더 울적해진다. 나는 과연 올해도 공연자로 먹고살 수 있을까. 결국 어둑한 밤에 나가 작은 피자를 한 판 사다가 혼자 다 먹었다.

자기소개서에는 자신 있게 '요즘 가장 핫한 연주자'라고 써놓았지만 실은 이렇게 차갑게 식을 때가 있다. 1~3월은 공연자 공고가 많이 올라온다. 그래서 이때는 종일 컴퓨터만 붙잡고 있다. 연습보다 서류에 드는 시간이 더 많은 것 같다. 공고문에는 얌통 맞게 '합격자 개별 연락'을 적어둔 곳이 많다. 흥, 나도 어차피 합격자 발표 날은 다이어리에 안 적어둘 거거든. 괜히 그날 기대했다가 떨어지면 더 슬프니까. 내용을 계속 수정하고 제출 조건도 몇 번이고 다시 보면서 애정 담은 서류를 제출했는데, 불합격의 순간은 칼처럼 선득하게 내려 꽂히고, 나는 또 우울하다.

물론 합격하는 것도 많지만, 예년 같지 않다. 이쯤 되면 진지하게 고민해 봐야 한다. 언제까지 거리 공연자로 먹고살 수 있을까. 예쁘고 어리고 실력 좋은 공연자는 매년 늘어난다. 나는 언제까지 공연하면서 귀엽다는 소리를 들을까. 역시 섹시한 콘셉트로 넘어갔어야 했나. 아니 일단 몸매부터가 안 되잖아. 주변에 보니까 다른 공연자들도 새로운 걸 배워서 더 다채로운 공연을 하던데. 버블은 한복에 묻으면 안 되니까 어려울 것 같고, 나도 마술을 배워볼까. 나도 나름대로 매년 연구하고 발전하려 한다. 하지만 어떻게 더 나아가야 더욱 경쟁력이 생길까. 아니다. 지금까지의 추세를 보면 대한민국에서 문화예술 관련 예산이 늘어나기는 글렀다. 그 예산이 거리 공연 같은 모세혈관까지 넉넉히 오는 건 더 어렵다. 그렇다면 나는 저어기 변방 손가락 끝에서 얼어 죽어야 하는가? 아니 아예 다른 길을 찾는 게 낫지 않을까? 나는 예전에는 어떤 꿈을 꾸었었지?

유치원 때에는 화학자가 되고 싶었다. 삼각 플라스크에 담긴 색색의 용액을 합치다가 머리가 펑- 하는 만화가 재미있었다. 제대로 알지도 못하면서 화학자가 되고 싶다고 하니 부모님이 무척 좋아하셨다.

중학교 때에는 만화가가 되고 싶었다. 반에는 으레 두어 명 그림 그리는 애들이 있었는데, 각자의 그림 연습장을 교환해서 그려주기도 했다. 특별활동 시간에는 만화반에 들어갔다. 그때부터 어슴푸레 느꼈다. 이건 재능의 영역이라는 것을. 나는 종일 고민해서 그려도 어색한데, 한 후배는 조금 생각하더니 슥슥 그렸다. 그러면서도 나보다 훨씬 나았다. 나는 그때 바이올린도 해야 했고 각종 학원도 다녀야 해서 시간이 없었다. 그래도 오래 연습하면 나아질 거라 생각해서 시간이 날 때마다 그렸다. 나에게 재능이 아예 없는 건 아니었다. 그저 그걸로만 밥벌이를 하기에는 애매한 정도였고 내 주변이 월등한 것뿐이었다. 그래도 그림 그리는 것이 좋았다.

그런데, 사건이 터졌다. 기술가정 시간이었다. 수업이 5분 일찍 끝나서 자유시간을 주셨다. 나는 맨 앞자리에 앉았었는데, 항상 그랬듯 연습장을 꺼내 그렸다. 내 그림을 보시던 선생님께서 말씀하셨다.

"넌 그림에 재능이 없구나. 네 그림은 빛나지가 않아. 그런 걸로 시간 뺏기지 말고 공부나 열심히 해라."

청천벽력이었다. 그때만 해도 나는 선생님의 말씀이라면 진리라고 생각했던 순진한 학생이었다. 너무 놀라 아무 말도 못 하고 있는데 쉬는 시간 종이 울리고, 선생님은 나가버리셨다. 2주 정도를 내내 울었던 것 같다. 어렴풋이 느끼고 있던 것을 명징한 말로 들으니, 미래에 검은 막이 쳐진 것 같았다. 주변 친구들이나 만화반 선생님이 너는 충분히 재능이 있다고 위로했지만 귀에 들어오지 않았다.

고등학생이 되어버렸다. 모든 과목을 다 못해도 한두 개만 잘하면 진로를 고민할 필요가 없다. 하지만 나는 두루두루 애매했다. 학교에서는 모범생이라는 말을 들었지만 그것으로는 부족했다. 진로를 정해야 학과를 정하고 그걸 목표로 공부할 수 있을 텐데 미래는 막연했다. 냉정히 생각해 보았다. 내가 무엇을 잘할 수 있을까. 매번 진로적성검사에서는 예술계가 나왔지만, 이미 예술을 전공하기엔 늦었다고 생각했다. 그럼 주요 과목 중에는? 국어다. 국어는 매번 모의고사에서 백분위 100을 놓치지 않을 정도였다. 그러면 국어 교사도 나쁘지 않겠다. 나는 가르치는 것도 좋아하고, 국어도 매우 좋아한다. 직업이 안정적이고 사회적 인식도 좋다. 나는 국어 교사를 목표로 공부했다.

대학교에서는 정말 행복했다. 고등학교 땐 어렵기만 했던 문법도 체계적으로 공부하니 머리에 쏙쏙 박혔다. 문법을 너무 좋아해서 책의 예문까지도 그냥 외워졌다. 고전문학도 사랑했다. 당연히 고전시가부터 국문학사를 달달 외웠다. 심리학 수업도 재미있었다. 학생 상담을 효과적으로 하기 위해 복수 전공을 한 것이기 때문에 아주 열심히 공부했다. 여러모로 나는 국어 교사가 천직이었다. 이대로 열심히 공부하면 당연히 탄탄대로를 걷게 될 줄 알았다.

그러나 현실은 당장 내일도 알 수 없는 풍각쟁이. 이제는 내가 글을 잘 써서 붙었던 건지 그냥 신인이라서 붙었던 건지도 모르겠다. 거리 공연계는 특이하게도 경력직을 선호하지 않는다. 예술을 '지원'해 주는 형식이 많다 보니, 되도록 많은 사람에게 '혜택'이 돌아가야 하기 때문이다. 내가 거리 공연 경험이 풍부해서 거리에서의 각종 돌발 상황에 유연히 대처할 수 있고, 관객들의 연령대와 분위기에 맞는 약 400여 곡을 바로 연주하며, 영어와 일어로 자유로운 공연이 가능하다고, 심지어 요새는 걸어 다니면서도 연주한다고 그렇게나 열심히 써대도 예전만큼 합격률이 높지 않다.

작년부터는 섭외의 비중이 높아졌다. 그 말은 섭외가

많이 들어왔다는 말이기도 하지만 서류 합격률이 떨어졌다는 얘기도 된다. 그나마 내 능력으로 변수를 조정할 수 있는 것이 서류합격이다. 섭외는 내가 잘한다고 꼭 다시 불러주는 것도 아니다. 몇 년 후에나 불러줄 수도, 바로 다음 달에 또 불러줄 수도 있다. 나는 예측할 수 없는 상황을 좋아하지 않는다. 내가 언제까지 이 일을 해서 먹고살 수 있을까. 언제까지 양 갈래머리나 댕기 머리를 하고 공연할 수 있을까. 아니면 전혀 다른 길로 가야 하나. 진짜 주식이나 비트코인을 해봐? 아니 그것도 불안하니까 전공을 살려서 뭐라도 해볼까?

그런데 공연자가 아닌 다른 직업군 친구와 대화해보면 신기하게도 비슷한 고민을 하고 있다. 그렇게나 안정적이라는 대기업에 입사해서 모두의 부러움을 샀던 친구도 언제 잘릴지 모르겠다며 진로를 고민한다. 그럼 기술이 있는 친구는 어떨까. 꾸준히 트렌드를 따라가야 한다며 그게 너무 힘들다고 한다. 그렇다면 꼭 내 직업이 불안하기 때문에 진로고민을 하는 것만은 아니라는 결론이 난다. 그냥 미래는 모두에게 불투명하고 불안하다. 다만 미래의 해상도를 조금이나마 높여주는 것은 현재의 실력과 꾸준한 공부일 것이다.

언제까지 이 일을 할지는 모르겠다. 몇 년 후에는 다시 임용에 도전해서 교사가 되어있을 수도, 아니면 몇 년 전 취득한 한국어교원자격증을 들고 해외에 가서 한국어 교사가 될 수도, 꾸준히 써오던 글을 엮어 작가가 될 수도 있겠다. 아니면 그림책 작가가 될 수도 있다. 베이킹을 좋아하니 카페를 차리거나 카페에 납품하는 사업을 할 수도 있다. 건강 요리를 잘 만드니 유튜버를 할 수도 있다. 생각해 보면 꽤 다채로운 길이 열려 있다. 설마 나 하나 굶어죽지는 않을 것이다.

몇 년 전부터 학교에서 학생들에게 내 이야기를 들려줄 기회가 많이 생겼다. 학생들을 이렇게라도 만나는 건 참 기쁘다. 해금 연주와 나의 살아온 이야기를 들려준 후 덧붙인다. 다양한 경험은 관련이 없는 듯해도 나중에 도움이 된다. 한 계획이 실패했다고 인생 전체가 망한 것은 아니다. 그리고 생각보다 다양한 살길이 있다. 이것은 학생들에게뿐 아닌 나 자신에게도 하는 말이다. 무엇이든 먹고살 길은 있을 게다. 안정적인 건 처음부터 없다. 그렇다면 미래를 고민할 시간에 어떻

게 하면 지금, 여기에서 더 행복해질 수 있을지를 고민
하는 것이 좋겠다.

전업 거리 공연자가 되었을 때 의외인 게 있었다. 생각보다 해금 연주 말고 다른 일을 많이 해야 한다는 것이다. 앞에도 말했지만 연초에는 각 지역에서 거리 공연자를 선발한다. 각기 다른 양식의 서류를 꼼꼼히 작성하여 기한 안에 제출해야 한다. 공연 영상도 보내야 한다. 한 해의 공연을 편집한 영상을 보내면 될 때도 있고, 편집하지 않은 두어 곡을 보내야 할 때도 있고, 영상을 새로 찍어서 내야 할 때도 있고, 대면 오디션을 볼 때도 있다. 물론 서류작성은 익숙하다. 익숙하다는 것이 좋다는 뜻은 아니다. 좋아하는 일을 하기 위해서는 싫어하는 일을 몇 퍼센트는 해야 한다더니 과연 참말이다.

해금 연주자가 컴퓨터 앞에 앉아있는 시간이 많아야한다니 좀 이상하다. 한창 서류철에는 서류를 써내면또 새로운 공고가 뜬다. 안 쓴다고 뭐라 하는 이는 없지만, 올해도 먹고살려면 신경 써서 작성해 내야 한다. 공연한 지 10년 정도 되었으니 경력이 대단히 많지만, 어떤 경력을 선별해서 그 서류에 넣을 것인지도 결정해야 한다. 이게 생각보다 머리가 아프다. 같은 지역에서공연한 것? 해당 공모의 규모에 맞는 것? 아니면 좀 큰공연장에서 연주한 것? 이러나저러나 이런 고민은 해금 연주 자체와는 거리가 멀다. 하지만 어떻게든 해내야 한다. 왜냐하면 나는 이걸로 돈을 벌어야 하는 전업거리 공연자니까.

그토록 사랑하던 해금이 힘겨워질 때가 있다. 해금을 순수히 대하지 못하고 '밥줄'로 대하게 되었을 때다. 어떻든 나는 거리 공연자가 되었고, 잘은 모르겠지만 '예술가'가 되었다. 그토록 순수하고 아름다운 예술로 돈을 벌어야 한다면 꽤나 괴롭다. 아직도 예술은 지원 사업이 중요하다. 해금 연주 자체보다는 서류를 쓰거나 담당자를 응대해야 할 때가 많다. 김광균 시인의

〈노신(魯迅)〉을 가만히 읊는다.

　시를 믿고 어떻게 살아가나
　서른 먹은 사내가 하나 잠을 못 잔다.
　(후략)

　가끔 거리도 먼데 적은 공연비로 공연자를 모집하는 공모도 종종 본다. 심지어 형식에 맞춘 지원 서류까지 내라고 한다. 고민한다. 이 금액에 여기까지 가서 공연하는 것이 맞는가. 하지만 전업 거리 공연자는 결국 눈물을 머금고 서류를 작성한다. 이나마도 없으면 그날 섭외가 따로 들어오지 않는 한 한 푼도 벌지 못하게 되기 때문이다. 하지만 이렇게 자존심을 구기며 서류를 내어도 지원자가 너무 많아 떨어지기도 한다. 우리끼리는 '돼도 걱정이다'라고 우스갯소리를 하는데, 그러면서도 다들 꾸역꾸역 서류를 쓴다.
　'소정의 공연비'라는 말도 싫다. 아아, 소정 씨. 당신은 대체 누구신가요. 도대체 소정이면 어느 정도를 말하는가. 굳이 또 전화해서 문의해 봐야 한다. 저번에는 문의했더니 어이없는 대답이 돌아왔다.

"공연비는 선발 규모에 따라서 달라질 예정인데요, 공연비가 얼마인지가 중요하신가요?"

네?? 나야말로 묻고 싶다. 월급이 어느 정도인지 모르고 일할 수 있나요. 우리에게는 이게 일이라고요. 나도 모르게 오규원 시인의 〈시인 구보씨의 일일〉을 읊조리게 된다.

오해하고싶더라도제발오해말아요
시인도시詩먹지않고밥먹고살아요
시인도시詩입지않고옷입고살아요
시인도돈벌기위해일도하고출근도하고돈없으면라면먹어요
(후략)

섭외를 받으면 좀 편할까. 이미 공연비가 얼마고 가능한지 물으시면 내가 할지 말지 결정하기만 하면 그만이다. 그러나 가끔 공연비를 어느 정도 받는지 문의가 들어온다. 그러면 또 고민한다. 많이 부르면 이번에는 예산이 적다며 아예 섭외하지 않는다. 그렇다고 너무 적게 부르면 통화 후에 엄청 후회한다. 내 가치를 너무 적게 말했나 싶어 우울해지기까지 하다. 역시 어른이 되어도 돈 얘기는 힘들다. 예전 국어 과외를 했을 때는 처음 한 번만 과외비 협상을 하면 되었는데, 이 일은 매번 협상해야 한다. 공연의 규모와 음향장비 여부, 주최 측의 규모를 고려하여 말한다. 그러나 어디든 반드시 하시는 말씀이 있다.

"이번에는 예산이 너무 적어서요. 다음에 모실 때는 공연비 더 드릴게요. 이번만 좀 부탁드려요."

하지만 문화예술 예산은 늘어나기 쉽지 않고, 그 말이 지켜진 적도 거의 없다. 알면서도 "아유 네. 그럼 다음에 예산 많아지면 그때 많이 주세요" 한다.

이건 그에 비하면 별것 아닌 이야기긴 한데, 어떤 날은 아주 체력이 달리거나 몸살에 걸려 연주하기 힘든 날도 있다. 직장인이라면 병가를 고려해 볼 수 있겠지만 거리 공연자는 절대 그럴 수 없다. 내 몸 상태는 고려할 대상이 아니다. 공연비를 받기로 한 이상 공적인 약속이기 때문이다. 내가 공연을 펑크 내면 담당자 입장에서도 큰일이고, 어떻든 나는 다음 일을 받을 가능성이 현저히 적어진다. 연주하다 어지러워서 쓰러질 뻔하기도 하고, 공연을 마치고 화장실에 가서 토하기도 한다.

사고가 나도 마찬가지다. 어디가 심각하게 부서진 것이 아니면 공연한다. 몇 년 전 공연 마치고 걸어가다가 갑자기 달려든 트럭에 받혀 날아갔을 때도 이틀 입원하곤 목 고정을 한 채로 바로 공연하러 갔다. 119에 실려 가면서도 흐려지는 정신을 모아 내일 공연하는 곳에 전화해 사과드렸다. 작년 공연 중에 뒤에서 나무 구조물이 덮쳐 머리통이 확 꺾였던 날은 저녁에도 공연이 있어 마이크에 부딪혀 얼굴에 생채기가 난 채로 웃으며 공연하고 뇌진탕 증세로 응급실에 갔다. 나는 책임감 있는 공연자고, 돈을 받는 프로기 때문이다. 그리고 을이다. 실은 '갑을병정무기경신임계'의 계 정도 된다. 만일 취미였다면 생각지도 못했을 일이다.

많이들 모르시겠지만 나 같은 전업 거리 공연자도 많다. 한낱 베짱이같이 행복하게 놀고 있는 듯하고, 백조처럼 우아하게 연주하는 것 같지만, 실은 보이지 않는 곳에서 개미같이 서류를 쓰고, 물속에서 다리를 열심히 파닥거린다. 해금이 취미였을 때는 편했다. '마음이 내킬 때만 해도 되는 것'이기 때문이다. 다른 일을 하면서 간간이 위로가 되는 존재 정도이니 매번 더 연습하고 싶고, 항상 애틋했다. 종일 원 없이 해금만 연주했으면 하는 날도 많았다. 하지만 전업 해금 거리 공연자가 된 뒤로는 아련한 감정만을 느낄 수만은 없게 되었다. 거리 공연장에서도 여느 직장과 같이 억울한 일도 당하고 자존심 구기는 일도 많다. 우리가 적어도 그저 '노는 사람들'로만 비춰지지는 않았으면 한다. 시인도 시 먹지 않고 밥 먹고 살고, 공연자도 음악 먹지 않고 밥 먹고 산다.

세무서에 왔다. 뭘 잘못했는지 모르지만 이번 달에 세금 폭탄이 터졌다. 숫자를 잘못 보았나? 아니면 무언가 오류가 생긴 게 아닐까? 아무리 봐도 모르겠다. 이런 때에는 아무래도 대면해서 문의하는 것이 이해가 빠르다. 오래 기다려 담당자를 만났다. 고지서와 각종 서류를 보여드리며 여쭤보니 잘못 나온 것이 아니라고 한다. 종합소득세 신고를 잘못해서 이렇게 청구되는 것이고, 무언가 '괘씸죄' 같은 항목이 더해져 이렇게 나왔다고 한다. 이렇게 많은 금액을 어떻게 한 번에 내느냐고 여쭈니 친절하게도 몇 개월 무이자로 나누어 낼 수도 있다고 한다. 맥이 탁 풀렸다. 대체 뭘 잘못한 거지?

프리랜서는 근로소득자가 아니라 사업소득자로 간

주되기 때문에 세금 체계가 조금 다르다. 크게 보면 소득세, 부가가치세, 4대 보험, 기타 세금 등으로 나눌 수 있다. 공연비를 받을 때에는 보통 3.3% 또는 8.8%를 원천징수로 떼고 받는다. 5월이 되면 종합소득세를 신고한다. 직접 세무서에서 할 수도 있고 ARS나 홈택스로 할 수도 있다. 들여다보면 무언가 항목이 많고 용어는 어렵고 분류번호도 정신없다. 그래서 한동안은 시간을 내어 직접 갔다. 아침 일찍 갔지만 역시 사람이 많다. 한참 기다린다. 이따가 공연 가야 하는데, 마음이 초조하다. 그래서 저번에는 홈택스로 직접 신고했다. 이런 저런 항목을 오래 읽어보고 체크했다. 무사히 마쳤다고 생각했는데, 그때 무언가를 잘못한 것이었다. 결국 청구된 큰돈을 다 내어야 했다.

예전에도 비슷한 일이 있었다. 실은 비슷한 건이었는지 다른 거였는지도 잘 모르겠다. 다들 환급을 받는 시기에 나에게만 엄청난 금액이 청구되어 깜짝 놀랐다. 동료 연주자에게 물어보니 아마 세무사의 도움을 받아야 할 거라고 했다. 여기저기 세무사 사무실을 찾아 상담했다. 세무사님들은 심드렁했다. 나에게는 큰

일이었지만 이분들은 더 커다란 일들을 다루기 때문인 듯했다. 나같이 영세한 공연자의 일은 귀찮기만 하고 별로 이득이 되지 않는 건이었다. 나는 그것도 모르고 커다란 세무사 사무소 서너 군데를 헤매다가, 결국 저어기 끝에 있는 작은 세무사 사무소에 갔다. 다행히도 일을 맡아주신다고 했다. 수임료로 50만 원을 요구했다. 그것도 큰돈이었지만 행여 범법자가 될까 싶어 일을 부탁드렸다. 한 달여간의 불안한 시간이 지난 후, 연락이 왔다. 내어야 하는 세금을 모두 감하기도 했지만, 더 줄여서 10만 원을 환급받았다고 한다. 뭔가 신기하고 감사했지만 허탈하기도 했다. 역시 법은 아는 만큼 이득이구나.

연초에는 공연은 없지만 할 일이 많다. 대표적으로 '해촉증명서'를 받는 일이다. 해촉증명서란 '내가 이 회사(혹은 문화재단 등)에서 더 이상 일하지 않는다'는 증명서다. 프리랜서는 회사의 정식 직원이 아니고 일정 기간 동안 계약해 일하는 형식이기 때문이기 때문에 직장 가입자가 아니고 지역 가입자다. 해촉증명서를 받아 보험공단에 제출하지 않으면 계속 그 회사에서 일한 것처럼 되어 건강보험료가 가산된다. 일반적인 프리랜서는 1년에 그리 많은 회사와 거래하지 않지만, 거리 공연자는 다르다. 상당히 많은 대행사와 거래를 하고, 그 회사와 1년에 많으면 두어 번 정도나 공연을 함께한다. 국민건강보험공단에 전화하면 1년간 내가 일한 회사를 금액순으로 주욱 알아볼 수 있다(물론 전화 연결 자체가 대단히 어렵다. 9시에 땅 하고 전화해야 간신히 연결될까 말까다).

그런데 중요한 포인트. 작년에 거래한 회사가 아니라 '재작년'에 거래한 회사의 해촉증명서를 제출해야 한다. 작년 것은 아직 계산되지 않아 2년 전의 것을 기준으로 한다. 그러니까 나는 2년 전에 공연했던 회사를 찾아 뜬금없이 전화드려 해촉증명서를 받아내야 하는 것이다. 2년 전 내가 거래한 회사는 60여 군데. 국민건강보험 상담사님도 이렇게 많은 예는 처음 본다고 하신다. 물론 이렇게 많아봤자 1년에 한두 번이니 전체 공연 횟수로 치자면 그리 많은 것도 아니다. 하지만 해촉증명서를 제출하지 않으면 나는 이 많은 회사에서 내내 일한 것이 되어 어마어마한 세금을 내게 된다.

전화울렁증이 있는데다가 2년 전에 잠시 뵈었던 회사에 전화하기 쉽지 않지만 어쨌든 해야 한다. 많이 공연한 회사순으로 전화드린다. 기꺼이 보내주시는 회사도 많지만 해촉증명서가 뭐냐고 물어보시는 회사도 있다. 그러면 일일이 설명드리고 양식도 보내드려야 한다. 정해진 양식은 없지만 내 인적 사항과 회사의 이름, 발급 날짜, 사업자등록번호, 회사 직인 등이 필요하다. 그런데 상부에 보고해야 직인을 찍어줄 수 있다는 곳도 있고, 며칠이 지나도 서류를 보내오지 않는 곳도 있다. 고민고민하다가 다시 전화드리면 깜박 잊고 있었다고 하시기도 한다. 회사 입장에서는 하지 않아도 될 일을 하는 것이니 이해는 간다. 하지만 공연자 입장에서는 한두 곳도 아니고 매우 초조하다. 더 큰일인 경우는 그 대행사가 폐업했거나, 담당자가 퇴사한 경우다. 그러면 직인이 없으니 서류를 받을 수 없다. 하긴 계속된 불황에 공연자도 굶어죽을 정도니 공연기획사도 비슷할 것이다. 서로 위로의 말을 주고받고 씁쓸히 통화를 마친다.

그러면 차라리 2년 후에 통화하지 말고 공연을 마

치자마자 미리 해촉증명서를 받아놓으면 좋지 않으냐고 할 수도 있는데, 이것도 좀 그렇다. 만일 6월에 공연하고 해촉증명서를 받으면 그해는 더 이상 당신 회사와 일하지 않겠다는 말이 된다. 공연 하나가 귀한 마당에 그런 인상을 남길 수는 없다. 그래서 보통은 다음 해가 되면 회사에 전화해 '작년'의 해촉증명서를 받아놓고, 그걸 김치마냥 묵혀놨다가 1년 후, '재작년 자료'가 되면 사용한다. 아무튼 어찌어찌해서 해촉증명서를 다 받으면 관련 신청 서류와 함께 보험공단에 팩스를 보내는 것으로 끝난다. 생각보다 시간이 오래 걸리고 신경도 많이 쓰인다.

하지만 이번에 또 법이 바뀌었다. 작년에 그렇게 열심히 해서 해촉증명서를 낸 공연 팀이 모두 몇십만 원씩 세금 폭탄을 맞았다. 이제부터는 해촉증명서가 소용이 없게 되었다는 것이다. 작년보다 올해 소득이 적을 것으로 예상되는 경우에만 해촉증명서를 내면 세금을 줄여줄 수 있다고 한다. 하지만 프리랜서는 올해 소득을 예측할 수 없다. 소득이 줄어들 것을 기대하는 사람은 더더욱 없다. 그래서 작년에 열심히 모아놨던 서류들을 써먹을 수 없게 되었다. 건강보험료는 어마어마하게 가산되어 나왔다.

이런 걸 보면 4대 보험이 되는 회사에 근무한다는 것이 얼마나 부러운지 모른다. 아무리 영세한 공연자라도 지역가입자가 되는 순간 매달 건강보험료를 많이 내어야 한다. 저번에는 국민연금도 올랐는데, 한동안 못 냈더니 재산 압류 등의 무서운 단어를 넣은 경고장이 도착해서 얼른 자동이체를 해두었다. 산재보험은 의무는 아니라고 들었다. 그런데 언젠가 예술인 산재보험이 생겼다. 반액을 지원해 준다기에 가입했다. 저번에 공연하다가 강풍이 불어 뒤에 있던 거대한 나무 구조물이 무너지면서 머리를 쾅 쳐서 병원 신세를 졌는데, 그때 야무지게 서류를 정리해서 다행히도 병원비를 지원받았다(이건 예술인 산재보험 모범 사례로 소개되기도 했다).

프리랜서는 신용카드를 발급받는 것도 어렵다. 신용카드를 발급하면 이것저것 할인된다고 해서 신청해 봤다. 카드사 어플을 다운받고 카드 신청을 눌렀다. 제일 먼저 소득과 신용점수를 묻는다. 보니 '연간소득 6백만

원에서 5천만 원 사이' 버튼이 있다. 자애로운 분류기준이다. 신용점수야 다년간의 학자금대출 상환으로 다져져 자신 있다. 상품 설명서를 자세히 읽고 신분증도 인증하고 수월하게 진행한다. 그러다 갑자기 턱 막힌다. 직장 및 주소 정보를 입력해 주세요. 직장명(상호), 부서명, 직장주소. 어… 직장명을 은한이라고 써야 하나. 그러면 부서명은…? 여기에서 더 넘어가지 않는다. 이리저리 시도해 보다가 결국 포기했다. 은행에 직접 문의해 보니 천만 원을 계열 은행에 넣어두고 한 달 후에 잔액증명서와 통장사본을 제출하면 가능하다고 했다. 결국 발급을 포기했다.

이런 와중에도 어떻게든 투자와 저축에도 신경 써야 한다. 하루 앞도 알 수 없는 거리 공연자이기 때문이다. 요즘 공연자들의 최고 화두는 아무래도 비트코인이다. 비트코인으로 몇 억을 벌었다는 공연자 얘기가 가끔 들린다. 하지만 그분은 종일 휴대폰만 쳐다보게 된다며 불안하다고 했다. 나야말로 비트코인에 투자하면 그렇게 될 것 같다. 하이 리스크 하이 리턴이라지만, 나는 열심히 번 돈을 잃으면 너무 슬플 것 같아서다. 그래서 비트코인은 하지 못하고, 최대한 위험이 적은 것에 주로 넣는다. 거의 저축 수준이다. 하지만 나는 덜 벌고 덜 쓰자는 주의다. 그다지 물욕이 없어서 가능하다. 남들의 브랜드 옷이나 명품 가방이 하나도 부럽지 않다. 그래도 언젠가는 내 집을 꼭 갖고 싶다. 하지만 지역가입자는 집을 사는 순간 직장인과 달리 건강보험료가 확 오른다고 한다. 이래저래 프리랜서로 살기는 참 힘들다.

거리 공연자 섭외 글이 올라왔다. 사람이 많은 곳에서의 주말 공연이다. 그런데 공연비가 적혀있지 않다. 치킨 한 마리 주문도 달달 떨어가며 하는 전화울렁증이지만 용기를 내어 전화한다. 다행히 친절히 받으신다. 공연비를 여쭈어보니 아무렇지 않게 말씀하신다.

"아~ 이건 재능기부예요. 근데 여기는 유동 인구가 많은 곳이라서 홍보가 많이 되실 거예요!"

허허, 홍보라니. '제가 이 일을 10여 년째 해오고 있고, 매번 적게는 몇십 명부터 몇백 명을 만나는데 그럼 저는 왜 홍보가 안 되는 걸까요'라고 물어보려다가 말았다. 믿기지 않겠지만 요즘도 이런 말로 공연자를 부리려는(?) 사람이 있다. '재능기부'의 본래 의미는 좋다.

하지만 기부는 주는 사람이 원해야만 이루어지는 것이다. 강요받는 기부는 기부라 할 수 없다. 그 말에 반감을 가진 사람들이 많아지면서 대놓고 재능기부 하라는 말은 적어졌지만, 아직도 이렇게 거리 공연계에서는 암암리에 재능기부 요구가 이루어지고 있다. 대신 미안하니까 홍보가 잘될 것이라는 말로 살짝 감싼다.

개인 브랜드 마케팅이라는 말이 유행하기 전에도, 거리 공연자는 스스로를 마케팅했다. 나도 내 이름과 큐알 코드를 담은 입간판을 매번 가지고 다닌다. 예전에는 '해금켜는 은한 검색'이라고만 써두었는데, 이제는 큐알 코드만 찍으면 유튜브나 SNS, 팬카페같이 관련 정보가 촤라락 뜨게 해두었다. 여름에는 직접 그린 부채 굿즈를 나누어 드린다. 매번 다른 색과 디자인으로 직접 그려 만든다. 자세히 보면 만든 날짜와 몇 번째 부채인지도 적어두었다. 작년이 벌써 일곱 번째 부채였는데, 매년 천 장에서 2천 장씩 뽑는다. 팬들 중에는 이걸 매년 모으시는 분도 있다. 저저번 겨울에는 친환경 물티슈를 제작했다. 중간 부분에 그림과 큐알 코드를 넣었다. 스티커도 저번에 천 장 만들었다. 하지만 작게 뽑는 법을 몰라 너무 크게 만들었다. 아무튼 이런 식으로 나를 열심히 홍보한다. 하지만 거의 매번 이 악기가 아쟁이냐는 질문을 받고 사회자는 내 이름을 헷갈린다. 네, 다음 공연은 아쟁 하는 은하 씨의 공연입니다. 은안, 은환, 은하, 최근에는 음향이라는 말도 들어봤다. 아무리 유성음 사이의 'ㅎ'이 약화되고 단모음을 이중모음으로 듣기도 하고 익숙한 단어로 대치하는 건 이해하지만 이건 좀 심했다.

인기 연예인도 온다는 지방의 한 축제장. 시원한 대기실에서 악기를 꺼내고 있는데, 담당자가 손짓한다. 이 대기실은 이따 저녁에 연예인들이 사용하는 곳이라며, 거리 공연자들은 저기 천막에 쉼터 있으니 거기에서 대기하라고 하셨다. 나와 연예인들의 출연 시간이 겹치지 않는데도 그랬다. 얼결에 나와서 더운 천막으로 갔다. 이런 때일수록 아무 생각이 없어야 한다. 그런데 그날따라 좀 서러웠다. 나는 왜 유명하지 않아서 이런 일들을 겪을까. 역시 텔레비전에 나와야 하는가. 왜 〈유퀴즈〉와 〈라디오스타〉는 나를 섭외하지 않는가.

하지만 달리 생각하니 유명해지면 그것대로 또 힘든

점이 있을 것이다. 나는 공연할 때 말고는 머리도 잘 안 감고 대충 묶고 맨날 똑같은 트레이닝복만 입고 다닌다. 양옷이 없기도 하고 패션에 관심도 없다. 그런데 유명해지면 그러지 못하겠지. 즐겨 다니는 공간들, 혼자만의 사색을 즐기는 카페에도 더 이상 가기는 어려울 테다. 지금 이 미미한 인지도에도 악플이 가끔 달리는데 유명해지면 얼마나 악플로 상처받을까.

나는 지금이 딱 좋다는 결론을 내렸다. 모두 눈을 마주칠 수 있는 정도의 적은 관객들과 지금을 오롯이 즐기는 것. 연주를 마치고 다가오는 관객들과 부담 없이 사진 찍고 수다 떨 수 있는 시간. 가끔 실시간 방송을 하면 모든 댓글을 다 읽어드리고 다정히 반응할 수 있는 정도의 작고 소중한 인지도. 가끔 공연장에서 서러운 일이 생겨도 그건 내가 잘못해서가 아니다. 그 사람이 잘못한 것이다. 생각해 보면 거리 공연자를 존중해 주시는 담당자들이 더 많다. 나를 아이돌 못지않게 좋아해 주시는 팬분들도 있다. 그런 분들을 생각하며 감사히 하루를, 이 순간을 누리면 된다.

나는 오늘도 'ㅎ'에 기식성을 가득 담아 '안녕하세요, 해애금 켜는 은하안입니다!'라고 힘주어 발음한다.

7 ▪ 은한을 이루는 것들

막 활동을 시작한 해, 서울시에서 공연할 수 있는 거리 공연 오디션을 보았다. 아무래도 공연비를 주는 곳이다 보니 대기실에도 쟁쟁한 분들이 가득했다. 심장이 손끝에서 두근거렸다. 드디어 내 차례가 되었다. 달달 떨면서 연주하는데, 심사위원이 손을 들어 연주를 멈추곤 심드렁한 목소리로 묻는다.

"만일 거리에 애들이 있으면 뭐 연주할 거예요? 멘트까지 해가지고 연주해 봐요."

어… 생각해 보니 이제껏 내가 하고 싶은 곡들만 연주했었다. 순간 당황해서 주절거렸다.

"아, 안녕? 너희들 동요 〈등대지기〉 좋아하지? 그… 그 곡 연주해 줄게~?"

비 맞은 휴지같이 실시간으로 구겨지는 심사위원들의 미간을 보며 비로소 관객에 따른 연주가 중요하다는 생각을 했다. 그때부터 연령대와 상황에 따른 곡들을 고민했다. 불특정 다수가 모이는 거리 공연이라도 한 관객을 위해 연주해 주면 분위기가 더욱 좋아질 때가 있다. 섭외되는 공연에서는 특정 연령층을 대상으로 하는 경우도 많다. 유치원에서부터 중고등학생, 어르신, 외국인까지 다양하다. 그러므로 선곡은 생각보다 중요한 문제였다. 관객에 따른 공연 진행도 못지않게 중요하다.

먼저 어린이를 대상으로 하는 공연은 지루할 틈이 없도록 짧은 곡들과 퀴즈를 번갈아 진행한다. 아이들은 집중 시간이 짧기 때문이다. 첫 곡을 들려주고, 바로 해금에 대한 퀴즈를 낸다. 소리치는 대신 손을 번쩍 들게 하고, 퀴즈를 맞힌 아이에게는 선물을 준다. 만일 젤리 등 먹을 것을 선물할 계획이라면 미리 유치원이나 학부모에게 양해를 구한다. 달콤한 주전부리를 허용하지 않는 원이나 학부모도 있기 때문이다. 미리 여쭈면 학용품이나 스티커 등 선물을 제공해 주실 때도 있다.

시각적인 면에서도 집중하게 해야 하므로 소품을 구비한다. 〈상어 가족〉을 연주할 때는 상어 머리띠, 〈문어의 꿈〉을 연주할 때는 문어 머리띠를 하는 식이다. 연주 전 가방에 담긴 머리띠를 조금 보여주며 어떤 곡을 연주할지 맞히는 퀴즈도 낸다. 소 소리, 닭 소리 등 해금으로 낸 동물 소리 맞히기 퀴즈도 있다. 별것 아닌 것 같은데 아이들이 매우 좋아한다.

눈높이에 맞춘 곡 선정도 중요하다. 선생님들과 학부모님들께 요즘 아이들이 좋아하는 곡이 무엇인지 항상 여쭤본다. 유행하는 곡도 있지만 의외다 싶은 곡도 있다. 아이들이 해금에 맞추어 신나게 노래를 불러주면 그렇게 행복할 수가 없다. 시간이 넉넉하다면 해금을 연주하는 체험도 진행한다. 미리 얘기한다. 이 악기는 매우 소중한 악기지만 여러분이 더 소중하기에 만져볼 수 있게 하는 것이라고. 그러면 아이들은 "네에!!" 하고 큰 소리로 대답하곤 정말 조심히 다루어 준다. 그게 또 엄청 귀엽다. 직업 만족도 최고다.

아마 모든 강연이나 공연에서 가장 어려운 상대는 중고등학생일 것이다. 유명한 강연자들도 중고등학생이라면 고개를 젓는다. 나도 가장 긴장한다. 오래 아이들을 가르쳐 봐서 안다. 아이들의 기에 절대 눌리면 안 되지만 강연이 너무 딱딱해도 안 된다. 혹시 반응이 없어 보여도 당황하면 안 된다. 아이들은 잘 표현하지 않는다. 졸지만 않으면 성공이다. 사실 뭘 해도 심드렁한 중고등학생들을 졸지 않게 하는 건 엄청난 능력이다. 일단 최신곡을 연주하면 좀 관심을 가져준다. 가끔 걸그룹 춤을 출 수 있는 학생들도 있는데, 앞으로 불러서 함께하면 호응이 좋다. 이렇게 분위기를 풀어놓고, 퀴즈를 내거나 하면 참여도가 높아진다.

작년부터는 관악진로직업체험지원센터에서 진로토크콘서트 강사로 MOU를 맺었다. 만감이 교차했다. 이렇게라도 학생들과 함께할 수 있게 되는구나. 선생님같이 가까이에서 오래 학생들의 길을 인도해 줄 수는 없지만, 내 강연을 통해 조금이나마 생각이 달라지는 학생이 있으면 좋겠다. 강연은 보통 2교시로 진행되는데, 1교시에는 살아온 이야기와 연주를 진행하고, 2교시에는 사전에 받은 사연과 고민을 함께 풀어간다. 힘들고 의미 없다고만 생각했던 지난 시간들이 여기에서는 중요한 주제가 된다.

내가 국문학을 전공했고 임용시험을 오래 보았다고 하면 다들 놀라며 이야기에 귀를 기울인다. 평생 꿈꿔왔던 일이 알 수 없는 이유로 좌절되어도, 전혀 다른 길을 만나기도 한다. 세상에 필요 없는 경험은 없다는 것들을 이야기한다. 학생들은 더욱 집중해서 들어주고, 박수쳐 준다. 강연 후 다가와서 수줍은 목소리로 강연 너무 좋았다고 말해주는 학생도 있고, SNS 메시지로 힘이 되었다는 말을 하는 학생들도 있다. 마음속에 다스한 것이 번져 울컥한다.

한편 아무래도 해금이 전통악기이다 보니, 양로원 등 어르신들이 계신 곳에 섭외되는 경우가 많다. 그러면 나는 애교쟁이 손녀로 변신한다. 실은 등장만으로도 어르신들이 예뻐하신다. 아이고 한복 오랜만이네. 저 빨간 댕기 좀 봐. 나도 어릴 땐 저런 댕기 드리고 다녔는데.

이분들을 위해서는 신나는 트로트가 제격이다. 요즘 트로트 말고 오래된 트로트가 좋다. 〈꽃을 든 남자〉는 우리 연령대는 거의 모르는 곡이지만, 어르신들은 대체로 다 알고 계신다기에 얼른 외웠다. 아니나 다를까, 가사도 다들 아신다. 스테디셀러인 〈내 나이가 어때서〉는 여러 번 들으셨을 텐데도 좋아하신다. 복지관에서 배우셨다며 손짓으로 율동까지 하시는 분들도 있다.

연주는 신나게 하지만 멘트할 때는 느리고 크게 또박또박 발음하려 한다. 귀가 어두우신 분들이 많기 때문이다. 내 한마디에도 어르신들은 소년 소녀처럼 까르르 웃으신다. 크게 박수쳐 주시고 음정은 안 맞아도 목청을 돋우어 노래 부르신다. 그 순간들이 눈물이 핑 돌도록 정답다. 연주가 끝나면 어르신들이 차갑고 투박한 손으로 내 손과 머리를 정신없이 쓰다듬어 주신다. 인사해 주시는 어르신들을 꼬옥 안아드린다. 다음에 뵐 때도 꼭 건강하시기를 마음속으로 기도한다.

가끔 외국인을 대상으로 공연할 때가 있다. 영어와 일어 정도는 가능하다. 실은 문법이고 뭐고 크게 신경 쓰지 않고 일단 말하기 때문에 잘하는 것처럼 보인다. 작년에는 무려 해양부 차관님이 주관하시는 국제 컨퍼런스 공연에 초청되었다. 공식 언어가 영어였지만 나는 연주자이므로 영어를 굳이 할 필요는 없었다. 내 말을 멋지게 번역해 주실 전문 아나운서 사회자도 계셨다. 하지만 투박하더라도 영어로 진행해 보겠다고 했다. 다행히 내 아무 말 영어를 다들 좋아해 주셨다. 역시 진심은 통하나 보다. 차관님께서도 영어로 이렇게 재미있게 진행하는 사람은 처음 본다고 칭찬해 주셨다.

잼버리 공연에서도 연주했다. 그 땡볕에서도 햇살보다 환하게 웃어주던 스카우트 대원들 덕분에 더욱 힘을 얻고 왔다. 한국의 전통악기를 만나는 것은 처음일 테니 해금 체험도 시켜주었다. 다들 너무 좋아해서 내가 더 신났다. 작은 것이지만 한국에서의 좋은 추억으로 남았으면 한다. 아리랑과 외국곡들을 주로 연주했는데, 역시 10대들이라 그런지 올드팝은 잘 모르는 것 같았다. 〈Top of the world〉를 모르는 걸 보고 충격받았다. 가끔 반가워하는 대원도 있었는데, 자기 아버지의 애창곡이라고 했다. 이런 데에서도 세대 차이가 느껴지다니. 오히려 최신 케이팝 곡을 들려주니 더 좋아했다.

해금 하나로도 이렇게나 다양한 공연을 만들 수 있다. 어린이부터 중고등학생, 어르신, 외국인들까지 모두가 사랑하는 곡들을 연주할 수 있다. 다양한 공연에서 오래 연주한 지금, 돌아보면 모든 공연이 나름의 색으로 빛났다. 그 찬란함 속에 함께할 수 있다는 것이 참 감사하다.

나에 대한 다큐멘터리를 찍고 싶다는 요청이 왔다. 오마나, 감사해라! 신나게 수락했다. 공모전에 출품할 계획이라고 했다. 감독님과 몇 번이나 미팅하며 이야기를 나누었다. 그분은 몇십 개쯤 되는 질문을 가져오셨다. 최대한 자세히 대답했다. 나와 내 직업을 이해해 주신다는 생각이 들었다. 초봄이어서 공연이 몇 번 없는 시기였지만 매번 내 공연 영상을 찍어가셨다. 우리 집에까지 오셔서 부모님의 인터뷰도 진행하셨다. 작품이 기대되었다. 상은 받지 못했지만 작은 프로그램에도 출연하고, 좋은 기억으로 남아있었다.

그런데 한참 지난 어느 날, 아무 생각 없이 포털 사이트에 나를 검색했는데 몰랐던 그 다큐멘터리 시놉시스

페이지가 떴다. 아… 그런데 나를 너무 불쌍하게 묘사해 놓았다. 순간 심장이 쿵 가라앉았다. 감독님께 전화했다. 감정을 애써 누르고, 시놉시스를 우연히 보았는데 조금 놀랐다고, 제게도 먼저 보여주셨으면 더욱 좋았을 것 같다며 최대한 정중하게 말씀드렸다.

그러자 감독님의 목소리가 차갑게 변하면서 시놉시스는 감독의 권한이고 그걸 출연자에게 상의할 필요는 없다고 했다. 그리고 시놉시스를 최대한 자극적이고 불쌍하게 써놔야 사람들이 궁금해서라도 작품을 본다고 하셨다. 맞는 말일 수 있지만, 나는 그런 걸 원하지 않았다. 그래서 '지금 저를 검색하면 그 페이지가 앞에 나오니 삭제 부탁드린다'고 말씀드렸다. 그 페이지는 며칠 후 삭제되었다. 속상해도 지워주셔서 감사하다고 연락드리려 했는데 감독님이 나를 차단하신 것을 알게 되었다. 허탈하고 속상했다. 나는 과연 가엾은 사람인가. 사람들은 내 연주가 좋다고 하지만 실은 나를 그런 시선으로 보는 걸까. 이런 날에는 아무것도 하기 싫다. 홀로 침전하는 기분이다.

공연 때에도 아쉬운 순간은 찾아온다. 거리 공연은

다양한 관객들이 찾아온다. 첫 곡을 연주할 때는 어르신들이 많다가도, 두 번째 곡을 시작하면 어린이들이 부모님과 함께 우르르 몰려오기도 한다. 연주를 마치고 난 후에야 '아잇, 이 곡도 연주했으면 더 분위기가 좋았을 텐데!' 하는 때가 가끔 있다. 걸어 다니며 신나게 연주하다가 반의반 음 정도만 틀려도 혼자 꿈쩍 놀란다. 평소에 즐겨 연주하는 곡이라도 갑자기 머릿속이 하얘져 다음 구절이 생각나지 않을 때도 있다. 물론 뇌는 정지돼도 손은 기억하고 있으니 어떻게든 자동으로 연주하는데, 혼자 자괴감이 든다.

멘트할 때도 가끔 '이 말을 더 할걸' 혹은 '하지 말걸' 하는 경우가 있다. 그렇게나 주최 주관 행사명을 달달 외웠는데도 하루에 공연을 여러 번 하면 헷갈려서 손바닥에 적어둔다. 하지만 조명이 너무 세서 손바닥은 보이지 않고, 혹시 틀리면 더 큰일이니 아예 말하지 못하고 넘어간다. 그러면 자기 직전까지도 너무 속상하다.

그 외에도 나름 능친다고 한 말인데 혹시나 별로었으면 어떡하지, 아 그때 좀 더 재치 있게 말할걸 싶을 때도 있다. 돌발상황이 일어났을 때 이렇게 대처할걸 후회하기도 한다. 나는 1인 팀이니 공연에서의 일을 같이 느낀 사람이 없다. 그 외에도 공연 중에 받은 서러움이나 속상함을 혼자서 견뎌내야 한다. 이럴 때는 여럿이 한 팀인 분들이 부럽다.

자아, 기운을 내자. 이렇게나 우울할 때는 일단 일기를 쓴다. SNS에는 각종 행복했던 이야기와 찬란한 사진 영상을 올려두지만, 종이 일기장에는 온갖 서러운 순간들이 가득 들어있다. 불안하고, 화나고, 속상한 일들을 가감 없이 써 내려간다. 남 앞에선 하다못해 말을 할 때도 문장 호응을 중시하지만, 일기장에는 문장 호응이고 나발이고 아무 생각도 하지 않고 줄줄줄 쓴다. 그러다 보면 서러워서 눈물도 쫌 흘리고, 분노의 낙서를 하면서 종이에 분풀이도 한다. 여러 장 쓰다 보면 어느새 마음이 좀 진정된다. 이게 실제로도 효과가 있다고 한다. 분노의 일기는 어느새 도닥이는 내용으로 바뀐다. 그래, 다 화내고 후회하면서 사는 거지. 다음에는 더 잘 해내고 대처하면 되지 뭐. 괜찮아, 나는 더 성장해부렀다 흥 뿡이다 방구다. 내일도 아침에 연습이나하자.

어느 날은 별 이유 없는데도 기운이 쪽 빠지는 때가 있다. 내가 아등바등 거리공연을 해서 뭐 하나. 그냥 나는 우주의 먼지일 뿐인데. 언제까지 이 일을 할 수 있을까. 아무도 나를 좋아하지 않는 것 같다. 이대로 스러지는 것이 아닌가. 아니 그냥 내가 알아서 먼저 스러지고 싶다. 그런 때에는 좀 멍하니 있다가 SNS와 유튜브를 켠다. 내 작고 반복되는 공연 일기나 공연 영상에 달아주신 소중한 댓글을 보면 나도 모르게 웃고 있는 나를 발견한다. 별것 아닌 연주자에게 주시는 다스한 말씀들. 그 온기에 나도 모르게 마음의 몸살이 살살 풀린다. 힘내야겠다는 생각이 든다.

가끔 블로그 등에 내 공연을 본 이야기를 써주시는 분들도 있다. 되게 힘든 공연이었는데도 좋게 보아주셨던 분이 계신다. 내 연주에 감동을 받았다고, 재밌었다고, 자작곡을 듣고 잠시 다른 세상에 가있는 느낌을 받았다는 분도 계셨다. 그분들은 나를 기억하실지 모르지만 나는 가끔 그분들의 블로그에 다시 들어가서 그 글을 보곤 한다. 여러 번 보았는데도 여전히 볼 때마다 눈물이 핑 돈다. 가장 힘들 때는 팬카페에 들어간다.

별것 아닌 나를 위해 200명이 넘는 분들이 가입되어 있다. 서로의 일상을 공유하기도 하고 내 연주를 들었던 기록을 남기시기도 한다. 서로에게 친절한 댓글을 달아주신다. 나는 팬카페의 존재만으로도 커다란 위안을 받는다.

악플은 당사자에게 큰 상처를 남긴다는 것은 잘 알려져 있다. 실제로 선플에 비해 악플은 더욱 기억에 박힌다. 부정적인 글이나 충격적인 단어는 더욱 잘 기억한다는 연구 결과도 있다. 그래서인지 상대적으로 선플은 당사자에게 큰 영향을 미치지 않는다고 생각될 수 있다. 하지만 나는 선플의 힘을 안다. 알 수 없는 우울감에 기운이 없어도 선플을 읽으면 다시 힘이 나기 때문이다. 이 작은 나를 위해 시간과 정성을 들여 글을 남겨주시는 분들의 사랑을 나는 담뿍 받고 있다. 여기서 스러지지 않을 것이다. 오늘도 열심히 하루를 살아내겠다. 멋진 연주자가 되겠다.

사랑스러운 반려차, 오오리

    집에서부터 한복 입고 해금 들고 앰프가 든 무거운 캐리어를 끌고 가방도 들고 지하철과 버스 기차를 타며 전국 공연을 다니다 보니 자가용이 절실했다. 하지만 내가 차를 감히 살 수 있을 거라는 생각이 들지 않았다. 그건 재산이 많은 '어른'들이나 가질 수 있는 것이다(집과 차는 누가 봐도 어른의 재산이다). 게다가 만일 구매한다면 중고차를 사야 할 것이고, 그럼 차를 잘 아는 사람과 같이 가야 할 텐데 주변에는 그런 사람이 없다. 아빠도 그렇게 오래 차를 운전하셨으면서도 잘 모르시는 눈치다. 물론 면허는 있다. 하지만 일찌감치 장롱에 김장독 묻듯 고이 묻어두었다. 어쨌든 자가용이라니 생각할 수도 없다.

내가 차를 운전한다면 나와 타인의 목숨을 잃게 할
수도 있다는 것이 두려웠다. 몇 년 전 공연을 마치고 걸
어가다가 몇 걸음 못 가서 나에게 확 돌진한 트럭에 받
혀 날아간 적이 있다. 쾅 소리가 들린 후 정신을 차려보
니 덤불 위에 내가 누워있었다. 앙상한 초겨울 나무 사
이로 참새들이 지저귀었다. 아아 다스한 11월, 누워 마
주한 해가 찬란했다. 안경도 날아가 눈이 보이지 않았
다. 곧 사람들이 웅성거렸고, 나는 노오랑 한복을 입은
채로 119 차를 타고 실려 갔다. 곧 도착한 병원에서는
심전도를 체크해야 하는데 한복을 어떻게 벗겨야 할지
몰라 우왕좌왕하셨고, 나는 그 와중에도 다음 날 공연
들을 걱정했다. 이마가 찢어져 해리포터가 되고 무의
식적으로 손으로 막았는지 양손과 손목에는 멍이 검게
들어있었다. 하지만 다행히 거기까지였다. 마침 아스
팔트가 아닌 덤불에 떨어져 골절되지는 않았다. 합의
금도 잘 받았고 무사히 잘 마무리되었지만 몇 년이 지
난 아직도 가끔 손목이 무섭도록 시큰거린다. 이런 사
고가 또 안 일어나리라는 법은 없다. 내가 피해자면 그

나마 낫지만 가해자라면 생각만 해도 끔찍하다.

그런데 기회는 생각보다 빨리 찾아왔다. 사고가 난 다음 해, 친구인 개미의 어머니의 교회 권사님의 남편 분이 차를 아주 잘 아셔서 이번에 개미가 중고차를 잘 샀다는 것이다. 개미와 나는 평생의 절친이 아닌가. 나까지만 좀 부탁드린다고 해서 결국 개미와 개미 어머니의 교회 권사님과 남편분과 나까지 넷이서 함께 중고차 매매 시장에 갔다. 차가 층층이 쌓여있었지만, 예산을 말씀드리니 두 대로 줄어들었다. 하나는 하얀색 소형차다. 그리고 다른 하나가 오묘한 노란색 스파크 였다. 사장님은 내 직업을 물어보시더니 아 예술가면 당연히 노랑이 최고라며 이걸 사면 특별히 무엇무엇을 더 갈아주시고 가격도 저렴하게 해주신다고 하셨다(지금 생각해 보니 특이한 색이어서 잘 안 팔렸던 게 아닌가 싶다). 스파크를 구매했다. 복잡한 서류작성을 하고 며칠 후, 차가 우리 집에 도착했다.

먼저 이름을 지어야 한다. 나는 '병아리'가 좋겠다고 생각했지만 엄마는 '오리'로 하자고 하셨다. 아무래도 오리가 병아리보다 좀 더 강인한 이미지인가? 그럼 더

세 보이게 '오오리'로 해야겠다.' 그때부터 이 차는 나에게 다가와 꽃이 되었다. 하지만 꽃이고 뭐고 난 운전을 못한다. 큰맘 먹고 운전 연수를 받았다. 비쌌지만 그만한 값을 했다. 나는 드디어 오오리와 바들바들 동네 여행을 하기 시작했다. 너무 무서워 뒷유리에 A4용지 석장에 걸쳐 '보 초 王'을 붙였다. 다 세로로 접어 데칼코마니 형식으로 만들었다. 차들이 내 뒤에 오지 않았다. 오른쪽 구석 차선에서 느리게 달려도 빵빵거리지 않고 추월해 가주었다. 차선을 변경하려고 깜박이를 켜면 그 차선의 차들이 다 일제히 속도를 줄여주었다. 아이 친절한 운전자들. 하지만 밤에는 종이가 잘 보이지 않아 큰일이었다. 형광초록으로 빛나는 야광 도료를 사서 보초왕의 테두리를 칠하고 무광 코팅을 했다. 이제는 안심이다.

이 나이에도 의외의 재능을 발견할 때가 있다. 나는 알고 보니 운전에 재능이 있었다. 곧 엄마가 근무하시는 곳까지 마중 나갈 수도 있게 되었다. '王', '보', '초' 순

---

* 일본어로 오오(おお, 大)는 크다는 뜻이다.

서대로 종이를 뗐다. 기름값이 고공행진이었지만 운전이 재미있어 매일 나갔다. 비 오는 날에 나갔다가 밤이 되도록 몇 시간을 돌아오지 못한 적도 있었지만 어쨌든 실력이 쑥쑥 늘었다. 주차가 어려웠지만 괜찮았다. 어차피 우리 오오리는 작아서 어쨌든 네모 안에 쏙 들어간다. 앞뒤로 짤따래서 좁은 골목이라도 조금만 왔다 갔다 하면 유턴할 수 있다. 무엇보다도 '경차 혜택'이 있다. 경차 전용 카드를 개설하면 기름값이 어마어마하게 할인된다. 톨게이트 통행료도, 공영주차장도 반값이다. 심지어 주차장이 만차인데 경차 전용 자리는 비어있다. 나는 그렇게나 전국의 큰 축제를 다니면서도 한 번도 우리 오오리 누일 곳이 없던 적이 없다.

가장 좋았던 건, '나만의 공간'이 생겼다는 것이다. 오오리는 이동 수단이면서 나만의 방이다. 과자랑 초콜렛도 잔뜩 사다두었다. 손 뻗으면 다 닿을 곳에 있어서 더욱 편안하다. '고동이'라는 고양이 인형도 함께 태우고 다녔다. 오오리는 작지만 나는 더 작아서 조수석에 머리를 대고 가로로 누울 수 있다. 고동이를 안고 한복을 입은 채로 가로로 누우면 그렇게나 편안하고 행복할 수가 없다. 공연 마치고 비 오는 저녁 오오리 안에서 혼자 빗소리 들으며 먹었던 곱창은 또 왜 그리 맛있던지. 실내등을 켜고 주차해 버려 다음 날 오오리의 배터리가 나가서 동동거렸던 일, 거리 계산을 잘못해 기름이 다 떨어져 갖고 고속도로에서 멈추어 버려(다행히 갓길이었다) 춥고 늦은 밤 반은 울며 보험사에 전화했던 일들도 다 추억이다.

지금은 벌써 13만 킬로미터가 훌쩍 넘었다. 부모님은 내가 경차를 타고 전국을 운전하는 것이 불안하신가 보다. 좀 더 모아서 큰 차를 사는 것이 어떻겠냐고 자주 말씀하신다. 하지만 나는 우리 와일드한 오오리와 함께 커다란 화물차도 가뜬히 추월한다. 어떤 커다란 외제차도 부럽지 않다. 누구에게든 우리 오오리를 자랑한다. 액셀 누를 때마다 삐그덕 소리가 나고 오르막길 오를 때 소리만 크고 잘 올라가지 않아 좀 무섭긴 하지만 그 정도의 단점이라도 없으면 얘는 차가 아니고 비행기다. 가끔 나는 오오리를 쓰다듬으며 이렇게 말해준다. 사랑하는 오오리야, 나랑 오래오래 나와 함께해 줘.

취미를 질문받으면 조금은 애매했다. 예전에는 자신 있게 '해금 연주'를 외쳤지만 이제 해금은 취미가 아니고 직업이다. 어릴 적부터 꾸준히 책을 곁에 두었고, 매년 일기장을 써오고 있지만 국문과가 돼가지고 취미를 '독서'나 '일기 쓰기'라고 말하기에는 좀 그렇다. 그럼 내가 쉬면서 가장 많이 하는 일은 뭐지? SNS로 남의 삶을 보면서 샘내기? 쇼츠 보기?

재작년 겨울, 다니던 필라테스 학원이 갑자기 문을 닫으면서 내 남은 돈을 깨물고 사라졌다. 귀찮아도 간신히 다닌 거였는데 의욕이 확 꺾였다. 날이 추워지면서 밖으로 나가기 더 싫어졌다. 점점 동면에 적합한 몸이 되어갔다. 이대로는 안 된다. 몸매가 문제가 아니고 이제는 체력도 달린다. 동네 체육관이 저렴하니까 프로그램이 뭐 있는지 살펴볼까. 어렸을 땐 수영도 했었는데 몇 년을 배워도 자유형에서 물을 먹었다. 헬스는 손목 때문에 안 될 것 같다. 줌바는 뭐지? 검색해 보니 잘은 모르겠지만 신나는 춤이라고 한다. 그럼 날도 추우니 춤추러 가볼까.

가보니 형형색색의 찢어진 옷을 입은 수강생들이 보인다. 옷에는 대문짝만하게 'ZUMBA'라고 써있다. 쫄깃한 레깅스를 입으신 분들도 있다. 다들 허리에 커다란 손수건을 찔러 넣었다. 화려한 형광색 옷들이 너무 멋져 보인다. 왠지 주눅이 든다. 검은색 추리닝을 입고 오지 말걸 그랬나. 우물쭈물하다 정시가 되었다. 선생님의 힘찬 "하나 둘 셋, 줌바!" 구호와 함께 불이 꺼지고 삐로뽕삐로뽕한 미러볼이 돈다. 쿵짝쿵짝 신나는 노래가 나온다. 나는 정신없다. 유성우처럼 쏟아지는 동작들을 따라 하기에도 벅차다. 내가 우스워 보일 것 같다. 부끄럽다. 그런데 아무도 나를 비웃지 않는다. 자세히 보니 다른 수강생들도 다 동작이 제각각이다. 틀려도 부끄러워하지 않는다. 혼돈의 50분. 드디어 환한 불이 켜지고 기진맥진한 나에게 수강생들이 말을 걸어왔다. "신규인가 보네, 반가워요~" 보통 이런 데는 텃세가 심한데 먼저 인사를 해주시다니. 아아, 이것은 운명이다. 나는 줌바의 일원이 되고야 말았나.

기왕 돈 내고 신청했으니 집 밖에 나가기 싫어도 꼬박꼬박 나갔다. 겨울이라 일이 없어 우울해도 일단 집을 나서면 기분이 한결 나아졌다. 그 무시무시한 한여름에도 온몸에 선크림을 덕지덕지 발라가면서 어떻게든 나갔다. 다들 먼저 웃으며 인사해 주었다. 소심한 해금 연주자는 속으로 감동의 눈물을 흘린다. 수강생분들과도 더욱 친해졌다. 친밀도는 가속이 붙어 정신을 차려보니 선생님과도 SNS 맞팔로우를 하고 수강생 언니님이 사 오신 닭강정을 얻어먹고 있었다. 끝나고 가끔 까르륵하며 차도 같이 마시고 꽃놀이도 가게 되었다. 나는 스스로 나이 들었다고 생각했는데, 언니님들 가운데서는 내가 최고 막내고 애기였다. 뭘 해도 귀엽다고 둥기둥기해 주셨다. 저번에 선생님과 수강생 언니님들이 내 직업을 알게 되었다. 그 후 동네에서 공연이 있어 잠깐 말씀드렸더니 일부러 몇 분이 시간을 내어 보러 오셨다. 꽃다발도 주시고 환호해 주셨다. 우와. 나를 지지해 주시는 다정한 동네 주민들이 계시다니. 얼떨떨했지만 정말 행복했다.

줌바 자체도 즐겁다. 일단 신나는 음악이 빵빵하게 공간을 채운다. 나는 귀가 재산이니 귀마개를 하지만 그래도 베이스에 심장이 쿵딱쿵딱 반응한다. 첫 곡을 시작할 때는 보통 다리를 앞뒤로 파닥파닥하며 박자에 맞추어 크게 박수 친다. 이게 신기하게도 기분전환에 상당한 도움이 된다. 노래 중간중간에 기합 타임도 있다. 일제히 손날을 대각선으로 가르거나 뛰어오르며 소리를 지르는데 처음만 쑥스럽지 나중에는 그 순간을 기다리게 된다. 동작이 크고 팔다리를 크게 휘적이는 것도 좋다. 하버드대 심리학과 에이미 커디 교수는 자세가 자신감에 영향을 준다고 했다. 당당한 몸짓을 하면 마음도 그에 따라간다는 것이다. 생각해 보니 줌바는 대부분 그런 동작들로 채워져 있다. 줌바가 끝나면 무엇이든 해낼 수 있을 것 같은 기분이 든다.

무엇보다 가장 좋은 점은 '나도 못해도 되는 것이 있다'는 것이다. 그냥 내가 재미있으니 되었다. 어차피 어둡고 다들 정신없으니 상관없다. 춤추다 보면 가끔 벽 거울에 내가 보인다. 팔다리는 짧고 토실한데 선생님의 멋진 동작과 달리 혼자 어기적 탈춤을 추고 있다. 집중해서 따라 하는 건데도 매번 오른발과 오른손이 같이 나온다. 그게 너무 어이없어서 웃음이 절로 나온다. 그래서 50분 내내 웃으며 춤춘다.

공연이 많으면 등록해 놓고도 거의 못 나갈 때도 있고, 재등록 기간을 놓쳐 한 달을 통째로 못 갈 때도 있었다. 하지만 이미 줌바는 나의 꾸준한 취미가 되었다. 이제는 당당히 말할 수 있다. 나는 줌바에 빠져버렸다. 아직은 수줍어서 선생님께 크게 인사도 못 드리고 수강생들께 먼저 신나게 말을 걸지도 못하지만 줌바를 좋아한다. 고립되기 쉬운 예술인이 정기적인 모임을 할 수 있다는 것이 감사하다. 나는 오늘도 줌바 수업을 간다.

팬카페를 만들 생각은 없었다. 정확히 말하면 자신이 없었다. 내가 뭐라고 사람들이 팬카페에 굳이 가입해서 활동까지 하실까. 주변 공연자들 중에는 팬분들과 함께하는 단체채팅방을 가진 분들이 있었다. 팬명도 있어서 SNS에 글을 올릴 때마다 팬명을 언급하는 팀도 있었다. 부러웠지만 나와는 먼 이야기라 여겼다. 팬카페를 만들 용기를 낸 것은 엉뚱하게도 한 팬분의 반려견 때문이었다. 가끔은 이렇게 뜬금없는 계기로 엄청난 일을 해내기도 한다.

2021년, 한창 코로나가 대단할 때였다. 공연이 없으니 토요일 저녁마다 유튜브 실시간 방송을 했다. 들어오신 팬분들과 수다 떨면서 신청하신 곡을 해금으로 들려드렸다. 그러다 부산에 계신 오랜 팬께서 강아지를 입양하셨다는 얘기를 들었다. 너무너무 귀엽다고 한다. 보고 싶다! 다른 분들도 궁금하다고 했다. 하지만 그분은 당시 개인 SNS가 없으셔서 강아지 사진을 보여 주실 수가 없었다. 그럼 팬카페를 만들어서 거기에 올려달라고 하면 되겠다(?). 그럼 다른 팬분들도 모두 보실 수 있으니까.

일단 팬명과 팬카페 이름을 공모했다. '은한사랑'부터 '은바라기' 등 다양한 이름이 나왔다. 재치 있는 이름인 '은한철도 999'가 당선되었다. 2등이 '호롤롤로'라서 '홀롤이'를 팬명으로 정했다. 왜 '홀롤롤로'라는 이름이 나왔는지 잘 몰랐는데 당시에 인사할 때 "안녕하세요, 은한입니다. 호롤롤로~"라고 자주 말해서 의견을 냈다고 한다. 아니 이게 2등이라니. 왠지 반은 장난으로 투표하신 것 같지만 기분 탓이겠지. 투표하신 분들께는 추첨을 통해 호두강정과 선물을 보내드렸다. 다소 이상한 계기였지만 팬카페를 만든다고 하니 팬분들께서 더 좋아해 주셨다. 한동안 왕래가 없었는데도 소식을 듣고 내 SNS에 있는 사진으로 바탕 사진과 썸네일을 뚝딱 만들어 주신 감사한 분도 있었다.

많이들 가입해 주셨다. 첫 글은 홀롤이용 님이 올려 주셨다. 무려 2019년에 우편으로 보내드렸던 책상 달력 사진이었다. 그해 책상 달력을 많이 받아서 필요하신 분께 드렸던 것인데, 사인도 부탁한다셔서 간단한 그림을 그리고 사인하여 보내드렸었다. 그런데 그걸 몇 년이 지났는데도 가지고 계시다니. 감동이었다. 그 위로 달고나라떼 님의 나를 그리신 그림, 색감여행자 님의 일상 글, 피아노그래피 님의 몇 년 전 내 연주 영상 등이 다스하게 쌓였다. 물론 소기의 목적인(!) 강아지 사진도 잔뜩 올라왔다. 요즘은 다른 분들도 반려동물을 올려주신다.

그전까지는 몰랐었다. 나를 사랑해 주시는 분들이 이렇게나 많이 계셨다는 것을. 거리 공연을 하면서 스치는 인연들이라고만 생각했는데, 이렇게 시간을 내어 한 곳에 모여 내 이야기를 하고 계신다. 나와의 추억들을 풀어놓고, 내 연주를 좋아한다고 말해 주신다. 팬들 간에도 댓글로 다정한 말씀들을 나누신다. 나도 SNS에는 올리기 애매한 소소한 이야기들을 편하게 나눈다.

예전에는 공연 일정을 SNS에 올렸었다. 불특정 다수가 볼 수 있는 곳이다. 그래서인지 저번에 좀 안 좋은 일이 있었다. 무서워져서 아예 일정을 올리지 말까 했었는데, 다음 달 일정을 올려달라는 분들이 많으셔서 고민이었다. 이제는 안심하고 팬카페에만 글을 올린다. 그래서 팬카페는 대단히 폐쇄적으로 운영된다. 회원가입이 바로 되는 것이 아니라 승인을 받아야 카페를 둘러볼 수 있다. 공연 일정을 보려면 등급을 올려야 하는데, 몇 번 이상 방문하고 자신을 소개하는 글을 포함한 글을 몇 번 이상 써야 한다. 왜 이리 일정 보기가 어렵냐고 투덜대는 홀롤이 님도 계시지만, 기존 홀롤이 님들이 댓글로 다정히 독려해 주셔서 정말 감사하다. 자신에 대한 글, 나와의 추억을 담은 글을 올리시면서 나도 홀롤이님들도 서로를 알아가고, 사이가 돈독해진다. 서로를 더욱 소중히 여기게 된다. 여기에서 일정을 보고 매번 와주시는 감사한 홀롤이 님들도 많다.

벌써 팬카페 회원 수가 220명을 넘었다. 기존 SNS와 달리 일부러 네이버 카페까지 들어와서 회원가입을 하는 번거로움이 있는데도 가입해 주신 분들이 이렇게나 많다니 믿기지 않는다.

　가끔 마음이 너무 힘들 때는 마음의 고향인 은한철도 999에 간다. 밤하늘을 나는 기차에 편하게 앉아 홀롤이 님들의 다정한 글을 읽고, 행복했던 시간을 추억한다. 그러면 아무리 사납던 마음도 차분히 가라앉고, 오늘도 살아갈 힘을 얻는다.

플리마켓 공연에 다녀왔다. 하울링은 좀 있었지만 기분이 좋았다. 나를 찍는 노신사 앞으로 다가가 연주한다. 함박웃음을 지으시며 고맙다고 하신다. 흥겨운 곡을 연주하자 한 분이 신나게 춤을 추신다. 나도 같이 춤춘다. 행복하다. 오늘도 달큰한 연주였다.

앰프를 정리하고 있는데 아까 함께 춤추신 관객분께서 공연 즐거웠다며 시원한 호박 식혜를 주신다. 근처 옥수수가게 사장님은 몰랑하고 따끈한 옥수수를 세 개나 주셨다. 마침 목마르고 배고팠는데 덕분에 저녁을 든든히 먹었다. 연주를 마쳤으니 마음 편히 파장 무렵의 플리마켓을 구경한다. 그런데 사장님들께서 김튀각, 도라지청, 쌀튀밥 등등을 주신다. 아이고, 파시는 건데 안 된다며 대금을 드리고 사겠다고 했지만 그냥 막 품에 안겨주신다. 어쩔 수 없이 감사히 받는다. 오늘도 생일 같다.

가끔 특별한 선물을 받을 때도 있다. 한동안 신상 백을 들고 다녔다. 연주가 너무 인상적이어서 아직 일반인에게는 풀리지도 않은 것을 내게만 특별히 드린다고 했다. 담당자님이 포장 비닐을 은밀히 뜯어 건네준 것은 안성중앙시장 에코백이다. 내가 참 좋아하는 실용적인 선물이다. 신상이라고 여기저기 자랑하면서 끈이 떨어질 때까지 잘 썼다.

그 외에도 거리공연자는 은근히 집안 살림을 다 벌어온다. 텀블러는 용인문화재단 것이고, 실리콘으로 된 찻잔 받침은 대구 문화재야행에서 받은 것이다. 시원한 물을 넣어서 운동할 때 잘 사용하는 플라스틱 물통은 한 어르신의 팔순 잔치에서 얻었다. 각종 공연에서 받은 수건은 그득그득 풍성하게 넘쳐난다. 저번 송년회 공연에서는 그릇과 주방용품 세트도 얻어왔다.

나에게만 주시는 선물들은 더욱 감동이다. 한 분은 '해금켜는 곰' 그림을 작가님께 의뢰해 주문 제작한 에

코백을 선물해 주셨다. 나를 그리거나 찍은 사진을 곱게 인화해서 액자에 넣어주신 분들도 많다. 직접 만든 나무수저 세트에 내 이름을 새겨서 건네주신 분도 잊을 수 없다. 매년 명절마다 선물세트와 명란젓을 주시는 감사한 분도 있다. 운전할 때 졸지 말라고 매번 많은 사탕을 주신 분도, 공연에 오실 때마다 담당자님 것까지 커피를 두 잔씩 사와 주시는 분도 정말 감동이다. 그 외에도 마음 담아 주신 선물은 이루 다 말할 수 없을 정도다.

한국인들은 거리에서 공연하는 사람의 뱃속 사정을 가장 궁금해한다. 저녁은 먹었어요? 아이고, 그러면 이거라도 먹어요. 드시던 것을 뚝 떼어주시는 분도 있고, 얼른 가게에 달려가서 무언가를 사 오시는 분도 있다. 예전에는 좀 놀랐지만 이제는 알 수 있다. 이건 동정심이 아니고 다정한 마음이라는 걸. 덕분에 나는 각종 떡부터 청포도, 배 등을 냠냠 먹으며 배고프지 않게 다닌다.

아무래도 거리에서 공연하면 좀 서러울 때가 많다. 하지만 시민들은 약자의 편이다. 저번에 큰 야외 공연장 옆에서 연주했다. 지정된 장소가 여기라서 어쩔 수 없었다. 저쪽은 전기를 펑펑 쓸 수 있겠지만 여기는 전기도 지원되지 않는다. AA 건전지를 넣은 조그마한 앰프를 켜 연주한다. 그래도 옆 공연장 공연 시간이 나와 겹치지 않는다고 하니 다행이라 생각했다.

그런데 한 10분 정도 지났을까, 옆 공연장에서 리허설을 하는 게 아닌가. 우르르 진열된 모니터용 스피커 하나만 해도 내 앰프 두어 배는 되어 보였다. 찌렁찌렁한 소리에 당연히 조그마한 해금 소리는 가뿐히 묻혔다. 많이들 그곳으로 몰려갔지만 일부 관객들은 의리를 지켜 더 가까이 다가와 주었다. 저기 참 너무하다며 욕해주시기도 하고, 거의 들리지 않는 해금 소리에 맞추어 열심히 박수쳐 주시기도 했다. "파이팅!!" 하며 힘내라고 큰 소리로 말해주시는 분도 계셨다. 나도 실은 서러웠지만 관객들의 반응이 다스해서 속상한 마음이 다 호로록 사라져 버렸다.

거리에서 불특정 다수를 상대로 공연하면 이상한 사람들이 많을 것 같지만 그렇지 않다. 오히려 사람 간의 정을 가장 가까이에서 만난다. 사람과 사람이 직접 맞닿는 곳이 거리다. 인터넷에서 각종 이상한 사람에 대한 글들을 보면 세상이 두렵고 무섭지만, 적어도 내가 거리에서 만난 분들은 그렇지 않았다. 다들 연주에서 받은 감동을 다채롭게 표현해 주신다. 무엇이든 하나라도 더 주시려 한다.

그래서 나는 거리 공연에서 행복을 가장 가깝게 느낀다. 관객분들도 나를 통해 일상에서 생각지 못한 행복을 만나는 것이겠지만, 나 또한 그렇다. 내가 이렇게 큰 사랑을 받아도 되는 걸까. 과분하다는 생각이 든다. 대가 없이 주는 고운 마음들 덕분에 오늘도 거리 공연자는 행복하다.

인터뷰의 끝에는 항상 '궁극적인 꿈'을 질문받는다. 예전에는 '궁극적'이라는 거대한 단어에 압도되었다. 내가 거리 공연을 하는 데에는 무언가 대의적인 목적이 있어야 할 것 같았다. 나는 고민 끝에 연신 '해금의 대중화'를 읊어댔다.

거리 공연자로 산 지 근 10년이 되었다. 이제는 어느 정도 자리를 잡았지만, 여전히 미래는 불안하다. 당장 다음 달에도 공연이 잡힐지 알 수 없다. 하긴 생각해 보면 모든 직업이 그렇고 모든 생명이 그렇다. 한 치 앞도 몰라 버둥거리는 삶에서 궁극을 말하기에 내가 너무 하찮다는 생각이 들었다. 오늘을 열심히 살아내자. 지금, 여기에서 만나는 모든 인연에 최선을 다하자.

261

이 일이 재미없어지기 전까지만 살자고 생각했는데 10여 년이 지난 지금까지도 살아있다. 연주가 여전히 설레고 재미있다. 연주하는 순간이 가장 신난다. 공연 중에 돌발 상황이 생기기도 하고, 속상한 순간도 있다. 이 일을 지속하려면 신경 쓸 것들이 많다. 하지만 그런 건 아무렇지 않게 생각될 만큼 이 일을 사랑한다. 그러고 보면 하루를 행복하게 사는 게 중요한 거지 꼭 미래의 거창한 포부나 궁극적인 꿈이 없어도 괜찮은 것 같다.

친구들과 만일 복권에 당첨된다면 무엇을 할 것인지에 대해 얘기한 적이 있다. 다들 하던 직장을 그만두고(정확히는 '때려치우고'라고 발음했다) 집도 사고 차도 사고 새로운 무언가를 하겠다며 신나게 떠들었다. 하지만 나는 몇백 억에 당첨되더라도 이 일을 그만두고 싶지 않다. 해금을 더 산다든지 매니저나 세션을 모신다든지 멋진 영상을 찍는다든지 하는 엄청난 사치는 부리고 싶지만, 그래도 나는 여전히 거리에서 해금을 연주하는 사람으로 살 것 같다. 이보다 더 행복할 수는 없다. 작은 무대지만 모두의 다정한 시선을 온몸에 다사로이 받으며 마음껏 연주하는 일. 액수는 적어도 박수

받으며 돈을 벌 수 있다는 신기함. 가끔 나로 인해 해금을 전공하기 시작했다는 아이들을 만나는 일, 나를 아껴주시는 팬분들. 그런 모두가 모여 나를 만든다. 돈이 아무리 많아도 가질 수 없는 것들이다. 누가 뭐래도 나는 행복한 연주자다.

해금의 말들

초판 1쇄 인쇄 2025년 6월 4일
초판 1쇄 발행 2025년 6월 18일

지은이 | 은한
발행인 | 강봉자, 김은경

펴낸곳 | (주)문학수첩
주소 | 경기도 파주시 회동길 503-1 (문발동 633-4) 출판문화단지
전화 | 031-955-9088 (마케팅부) 031-955-9530 (편집부)
팩스 | 031-955-9066
등록 | 1991년 11월 27일 제16-482호

홈페이지 | www.moonhak.co.kr
블로그 | blog.naver.com/moonhak91
이메일 | moonhak@moonhak.co.kr

ISBN 979-11-7383-007-5   03810

* 파본은 구매처에서 바꾸어 드립니다.